「接下來在我等級封頂前，你每天都要把吃飯、睡覺的時間壓縮到極限，用所有空檔陪我訓練。」
「怎、怎麼這樣啊……！」
U0025705
這個勇者明明超TUEEE強卻過度謹慎 6

哈提艾斯
冥界之王。
臉上時常掛著詭異的笑容。
杜艾波塔
冥王的侍者之一。
烏諾波塔之兄。
烏諾波塔
冥王的侍者之一。
杜艾波塔之妹。
莉絲妲黛
治癒的女神。召喚了聖哉，
目標是拯救扭曲蓋亞布蘭德。
賽爾瑟烏斯
肌肉結實的劍神。
受阿麗雅之託鍛鍊聖哉。

羅札利·
羅茲加爾多
前羅茲加爾多帝國的公主。
與惡魔聯手。
龍宮院聖哉
謹慎到無法想像的勇者。
受到莉絲妲召喚。
凱歐絲·
馬其納
前魔王軍直屬四天王之一。
與人類聯手。

「冰凍的束縛之劍技……
『冰狼亂封擊』。」
Fenrir Beat
激戰！
傳說級魔物
路西法・克羅VS聖哉！

6

Kadokawa Fantastic Novels

彩頁、內文插畫／とよた瑣織

This Hero is Invincible but "Too Cautious" 6

第一章 神權爭奪杯 Divine Cup

這裡是眾神居住的統一神界的神殿——而我正在伊希絲妲大人位於神殿的房間內。伊希絲妲大人布滿皺紋的慈祥臉孔，對我露出溫柔的微笑。

「莉絲妲黛，這次拯救異世界庫歐爾納，辛苦妳了。」

「這沒什麼！這次是難度D，很輕鬆的！」

「即使如此，妳能在短期內接連完成拯救異世界的任務，還是很了不起。」

我害羞地笑了笑後問：

「對了，伊希絲妲大人，請問……有梅爾賽斯的消息嗎……？」

「在那之後我一直都有留意，但她目前沒有動靜，所以妳也不必太擔心。」

「說、說得也是，那我就放心了……」

我向伊希絲妲大人鞠躬行禮，然後走出房間。我在神殿裡一邊走一邊回想當時的事。

……無論是對我，還是對我召喚的勇者龍宮院聖哉來說，拯救異世界伊克斯佛利亞的過程都是無比艱辛。因為伊克斯佛利亞不僅是以前聖哉拯救失敗的世界，也是我轉生成女神前以人類的身分生活的世界。即使伊克斯佛利亞慘遭魔王蹂躪，化為魔界——對過去的衝動深感後悔而變得極度謹慎的聖哉，仍靠著細心的準備設法進行攻略。然而，在最後的魔王戰，我才知道在夥伴殺人機器殺子的體內，其實寄宿著我和聖哉的孩子的靈魂。只要魔王一死，殺子也會喪命。即使如此，聖哉仍然打倒魔王，拯救了伊克斯佛利亞。我們在當時因此領悟到，即使再怎麼小心行動，仔細準備，還是有我們拯救不了的人事物。

自從聖哉遭至高神布拉夫瑪大人強制遣返，回到原本的世界後，我一直惦記著聖哉的忠告，過了好幾天提心吊膽的生活。在暗地裡操控異世界伊克斯佛利亞的邪神，正是以前在統一神界的暴虐女神梅爾賽斯。我每天惶惶不安，深怕她隨時會攻打神界，但都過了這麼多天，神界依舊一片祥和，完全感受不到敵人要入侵的徵兆。

我於是冷靜下來，仔細思考。的確，正如布拉夫瑪大人所言，神界除了能預知不久後的將來的伊希絲妲大人外，不但有最強的破壞神瓦爾丘雷大人，甚至還有能操縱時間的克羅諾亞大人在。這堪稱銅牆鐵壁的防禦網，我實在想不到有什麼方法能讓它崩解。隨著時間經過，我的擔憂也逐漸緩解。

就在這時，成為上位女神的我收到任務，要去拯救新的異世界。雖然能選擇是否要接，但猶豫了一會兒後，我仍然決定接受。當時對布拉夫瑪大人的不信任感……看著殺子離世的失落感……種種煩憂常在不經意間擾亂我的心。不管怎樣都好，我想活動身體，把腦袋放空。除此之外，再加上……

「莉絲妲黛大人，這是至高神布拉夫瑪大人要我轉交給您的。」

「這、這是……！」

至深神界的使者送來的，是寫有聖哉名字的召喚名單。

——又能再見到聖哉了！

「我知道了！我會努力拯救新的異世界！」

說出自己的意願後，我目不轉睛地盯著聖哉的能力值看……

「奇怪……？」

我這才發現在召喚名單的備註欄裡，有一行令人火大的文字。

『召喚時可保留之前的記憶，但僅限難度S以上的異世界拯救任務。』

「這、這、這是哪招啊啊啊啊啊啊啊啊啊啊啊啊！」

我接下的異世界難度是E，所以無法召喚聖哉。

我被布拉夫瑪大人擺了一道，感覺氣憤難耐，但這時要後悔也來不及了。在迫於無奈下，我只好召喚平凡無比的勇者，前往拯救分配到的世界。

……在那之後，我也接了幾個拯救異世界的任務，但難度全在D以下。我也曾拜託伊希絲妲大人給我難度S以上的世界，但那種難度超高的異世界本來就很少。結果，包括這次拯救的庫歐爾納在內，我已經在見不到聖哉的情況下拯救了三個異世界。

我走出神殿，前往賽爾瑟烏斯經營的咖啡座。我熟悉的熟面孔都坐在戶外座位的椅子上。

「歡迎回來！妳真努力呢，莉絲姐！」

「又、又去拯、拯救異、異世界了嗎？好、好厲害喔。」

向我搭話的神，是我視如姊姊的封印女神阿麗雅朵亞，以及講話結結巴巴的軍神雅黛涅拉大人。我在她們的邀請下入座，不好意思地笑了笑。

「啊哈哈，我只是閒不下來而已。」

這時背後傳來一個粗獷的聲音。

「哦，成為上位女神後就判若兩人了呢。」

邊這麼說邊端來紅茶的神，是劍神賽爾瑟烏斯。他雖然是個肌肉結實的男神，個性卻很軟弱。目前比起鑽研劍術，反而更致力於經營咖啡座……呃，這樣介紹下來，連我自己都覺得哪裡怪怪的。

我用傻眼的表情，看著不務正業的賽爾瑟烏斯。

「對了，賽爾瑟烏斯，你不召喚勇者嗎？」

「才不要！做蛋糕比那個有趣一百倍！」

聽到賽爾瑟烏斯說得這麼乾脆，我頓時渾身沒勁。

「真是不可思議，為什麼你能從人類變成神呢？」

「那當然是因為我生前做過許多善事，並窮究武藝的關係啊！」

雖然賽爾瑟烏斯說得自信滿滿，我、阿麗雅和雅黛涅拉大人卻完全無法苟同。

「的、的確很、很謎。為、為什麼這種像垃圾的傢伙會成為神呢……」

「！不要說我像垃圾好嗎！妳們是在我的咖啡座喝茶耶！」

「對了，阿麗雅，從人類變成神的方法，真的只有『生前累積大量善行』和『接受上位神的推薦』這兩種嗎？」

順便一提，我好像是因為阿麗雅積極推薦，才會成為女神的。阿麗雅把紅茶的杯子放回桌上，盯著我看。

「其實，從人類變成神的方法還有一個。」

「咦！這樣嗎？是什麼？」

「就是『神權爭奪杯』。」

「神、神權爭奪杯？這、這麼說來，開、開賽的日子已經快到了吧？」

雅黛涅拉大人喃喃自語，賞了賽爾瑟烏斯一記白眼。

「不、不過，這個笨蛋即使在當人類時是勇、勇者，也不可能是神、神權爭奪杯的優勝者吧。他、他能成為神的原因依舊成謎。」

「嗚！」賽爾瑟烏斯悶哼一聲。不過，我頭上從剛才就一直冒出問號。

「吶，『神權爭奪杯』是什麼？」

我一問，賽爾瑟烏斯就對我露出不屑的表情。

「莉絲妲，妳連這個都不知道？」

「那、那又怎樣！」

「莉絲妲是一百年前才誕生的女神，也難怪她會不知道。神權爭奪杯是每一千年在神界舉辦一次的競賽。拯救過高難度世界的勇者們，會被列為下一批男神、女神的候選人。這些可說是菁英中的菁英的勇者，會以淘汰賽的方式對戰，決定能得到成為神的權利的人選——這就是神權爭奪杯。」

「哦，原來還有這種活動啊！」

換句話說，只要在這場比賽中取得優勝，就能成為神了。

賽爾瑟烏斯一臉愉快地對我說：

「簡單來說，就是要『找出這一千年間最強的勇者』。對眾神而言，感覺就像一場慶典一樣！」

——每一千年才選出一個的「最強勇者」嗎？

我開始有點興趣。阿麗雅對我微笑。

「不過，因為神界的時間流動得相當緩慢，雖說是千年一次，在人類的世界也不過是十年一次的程度。順便告訴妳，參加的條件是『曾救過難度A以上的世界，本人死後也願意轉生為神』。而參加神權爭奪杯的勇者，在受到召喚時也能破例保留原本的記憶和能力值。」

雅黛涅拉大人用手肘頂了頂阿麗雅。

「阿、阿麗雅，妳的勇者也會出、出賽嗎？」

「會啊，我已經報名了。畢竟一週後就要開賽了。」

「咦，這樣啊！」

就在我大叫的瞬間，我忽然想起一件事。

「等、等一下！這不就代表我也能叫聖哉來嗎！因為我和聖哉一起救了難度S以上的世界兩次啊！應該有符合參加條件吧！」

這下終於能見到聖哉了！我心跳加速地拿出聖哉的勇者召喚名單一看……

「咦……咦咦咦咦咦咦咦！」

召喚名單彷彿聽到了剛才的話，聖哉的名字下出現了原本沒有的說明。

『龍宮院聖哉——無法參加神權爭奪杯。【原因】雖然符合規定，但本人無意成為男神。』

「怎麼這樣啊……！」

我失望透頂，嘆了一大口氣。不過聖哉的確當面拒絕過布拉夫瑪大人的邀請，而且仔細想想，聖哉應該也不想參加這種神界的活動……

即使如此，我還是很不甘心。

「唉——明明是選出最強勇者的大賽，像聖哉那樣的奇才卻無法出賽……」

雅黛涅拉大人聽了猛點頭。

「如、如果聖、聖哉出賽，他一、一定是優勝者的熱門人選之一吧。」

「就是說嘛！他百分之百能獲勝的！」

就在我這麼大喊的瞬間，有種正在被揉捏般的奇妙觸感襲上我的胸部。

「……啥？」

我往下一看，竟然有雙手從我背後伸過來，抓住我的胸部！

「不要啊啊啊啊啊啊啊啊啊啊啊啊！」

我轉過頭，看見全身纏著鎖鏈的半裸女神——破壞神瓦爾丘雷大人。她揚起兩邊的嘴角，恣意揉捏我的胸部。

「竟敢說『百分之百能獲勝』？這可不一定喔，莉絲妲黛。沒錯，龍宮院聖哉的確是很棒的勇者，一想到負責他的女神是妳不是我，就讓人火大。不過妳要知道，這個大千世界可是很廣大的。」

「！這種事不重要，能不能請您別再揉我的胸了！」

我奮力掙扎，好不容易才掙脫破壞神的魔掌。正當我衣著凌亂，氣喘吁吁時，瓦爾丘雷大人若無其事地繼續說：

「能力值超過聖哉的勇者不是沒有……比如這傢伙就是。」

——咦……？

在瓦爾丘雷大人用下巴示意的方向上，不知何時站了一個打扮像戰士的男子。他穿著銀白色的盔甲，一頭栗色短髮，瞳眸是藍色的，臉上有許多傷痕。

「他是我召喚過的其中一個勇者，名叫伊桑・席佛，職業是戰鬥大師。在人類世界的這十年，也就是神界的這一千年間，他是我所知道最強的勇者。」

被介紹的勇者向我們揮手，露出微笑。

「大家豪。」

！咦，怎麼有外國腔啊！

「瓦爾丘雷大人！這個勇者不是日本人吧……！」

在地球，尤其是亞洲區，異世界的風潮可說是根深蒂固、歷久不衰。考量到召喚後能較快進入狀況這點，召喚日本人在眾神間已成了固定模式。

瓦爾丘雷大人露出開朗的笑容。

「伊桑住在日本，所以對異世界召喚也理解得很快。」

「沒——錯，窩在關東的基地工作！」

咦咦！他說基地，難道是現役軍人嗎！就、就各種層面來說，感覺上就很強呢！

瓦爾丘雷大人自信滿滿地咧嘴一笑。

「莉絲妲黛，我就破例讓妳見識一下伊桑的能力值吧。快用能力透視看看。」

「好、好的！」

我瞇起眼睛，透視瓦爾丘雷大人的勇者的能力值。

伊桑・席佛
Lv：99（MAX）
HP：587654　MP：552237
攻擊力：567444　防禦力：405152　速度：384545　魔力：25147　成長度：999（MAX）……

——騙人！明明沒處在狂戰士狀態，攻擊力竟然超過五十萬！

不過看到特技欄的時候更令我吃驚。

『特技：破壞術式（Valkyrie）』。

「連、連破壞術式都能用嗎！」

「以前教過聖哉後，我就猜這傢伙可能也學得會。把他叫來教後，他果然也順利習得。除了天獄門（Walhalla Gate）外的所有術式我都教他了。」

破壞術式可是瓦爾丘雷大人一向不外傳的獨門絕活！我還以為在人類裡只有聖哉會用呢！

瓦爾丘雷大人把手搭在勇者的肩上。

「如果姑且要給這傢伙取個稱號，應該是『破壞的勇者』吧。」

「瓦爾丘雷大人，這樣豪像窩是壞人一樣……」

這時阿麗雅戰戰兢兢地問瓦爾丘雷大人。

「瓦爾丘雷大人，聽您的意思，這位勇者也要參加這次的神權爭奪杯嗎？」

「沒錯……阿麗雅，妳的勇者也會出賽吧？」

「是、是的！有預定要參加！」

「很遺憾，妳的勇者參加也沒用，因為沒人能贏過我的勇者。」

瓦爾丘雷大人像以前對待聖哉那樣抱住伊桑，身體緊挨著他。

「勝利將屬於我培育的『破壞的勇者』伊桑．席佛。」

「沒——錯！窩一定要贏，將來當上男神！」

「哈哈哈！很——好！就是這股志氣！為了讓你的勝算更高，我們現在就來特訓！」

阿麗雅渾身顫抖地目送瓦爾丘雷大人和勇者伊桑離去。

「我、我不能再這麼悠哉下去了！我也得叫勇者來特訓才行！」

「可是阿麗雅，要怎樣才能贏過瓦爾丘雷大人的勇者啊？他的能力值很猛耶！」

「我預定叫來的勇者是專精魔法的！我要讓大家知道，勇者不是只靠物理攻擊力定勝負的！」

我看著阿麗雅一邊搖晃那對巨乳，一邊衝向神殿的召喚之間，不禁感到傻眼。

「好、好難得喔！沒想到阿麗雅也會那麼熱血！」

雙手抱胸的賽爾瑟烏斯說：

「這也難怪。如果自己的勇者在歷史悠久的神權爭奪杯中獲勝，對負責的神來說也是一大榮耀呢。」

「……你好像很清楚嘛。」

「呵呵呵，被妳發現了嗎！其實我是神權爭奪杯的狂熱粉絲，歷屆參賽勇者的名字都倒背如流！我還用水晶球把過去的比賽重看了很多遍呢！」

「狂熱粉絲？那、那你又為什麼不召喚勇者呢？」

「我只喜歡看，對實際參與沒興趣。」

聽賽爾瑟烏斯說得臉不紅氣不喘，讓我忍不住賞他白眼。

「唉，在觀看了好幾場比賽後，不知不覺間開始以為自己變強了……像這樣的『會錯意格鬥宅』的確大有人在呢。」

「！妳怎麼可以說劍神是『會錯意格鬥宅』啊！」

「不、不過話說回來……嘻嘻嘻嘻嘻嘻……『破壞的勇者』啊……雖然看起來有點靠、靠不住，但其實是狠、狠角色呢。好、好期待一星期後的開賽喔。」

看到雅黛涅拉大人笑得很開心，我也不禁陷入思考。

——「超越聖哉的勇者」嗎？這的確讓人在意。他到底是怎麼戰鬥的……？

於是，我的第一次神權爭奪杯就此開始。

第二章　神域的勇者

賽爾瑟烏斯說得沒錯，開賽當天果真像慶典一樣熱鬧。

在神界的廣場上，矗立著一座巨大的圓形競技場，據說這是用至高神的創造之力做的。明明大到足以容納數萬個神，卻只花了幾分鐘就完成了，聽到這件事時，我心中充滿「這裡果然是神界啊」的感慨。

我走進競技場一看，正中央是石造的競賽場地，在圍繞場地的觀眾席上，已經有許多神入座了。研缽狀的巨大競技場內神滿為患，擠到連走路的空間都沒有，感覺統一神界的神幾乎都來了。

我推開擁擠的人群，找到阿麗雅事先告訴我的位子。坐定後，我才得以喘口氣。由於競技場沒有屋頂，陽光直射，加上現場眾神情緒沸騰，使會場悶熱無比。嗚嗚，好熱啊……

就在這時，我背後傳來宏亮的吆喝聲。

「冰咖啡喔，冰咖啡喔，要不要來杯好喝又消暑的冰咖啡啊！」

啊，有小販呢！得救了！

「不好意思！請給我一杯！」

我這麼說完回過頭，看到的竟是賽爾瑟烏斯。他背上揹著看似沉重的咖啡壺。

「！呃，怎麼是你！」

「有、有什麼關係嘛！這樣不但能就近觀賞最愛的神權爭奪杯，又能順便賺些錢，不覺得一舉兩得嗎？」

「你啊，真是越來越不像劍神了……」

賽爾瑟烏斯從背上的咖啡壺倒出咖啡遞給我，我拿神界貨幣格登付給他。

「對了，莉絲妲，妳怎麼能坐這麼好的位子？」

「喔，這是阿麗雅幫我準備的。」

「原來是參加神權爭奪杯的神才有的福利嗎？妳還真幸運呢。」

的確，場內明明如此擁擠，我卻坐在最前排。這裡的位置最好，能將比賽過程看得一清二楚。賽爾瑟烏斯把背上的咖啡壺放在我身旁。

「差不多快開始了，我想休息一下，可以坐妳旁邊吧？」

「咦咦——！我才不要呢！」

「妳兩邊不是都是空的嗎！借坐一下不行喔！」

後來我還是容許賽爾瑟烏斯坐在我旁邊，條件是如果阿麗雅或雅黛涅拉大人來了要讓位。這時，競技場上正好響起快活的聲音。

「歡迎各位今日蒞臨本會場！第十屆神權爭奪杯即將開始！比賽過程就由本人音神繆札

負責轉播！」

在競技場的正中央，有個戴著貓耳的女神在大聲講話。她明明沒用麥克風，卻能讓聲音響遍整座會場。這應該是音神繆札大人的力量吧？

「首先第一回合！目前從西邊進場的，是盾神艾吉斯大人所指導的『鐵壁勇者』——守野正人選手！」

「噢，莉絲妲，勇者要登場了。」

在賽爾瑟烏斯手指的方向有一扇門，就位在通向競技場中央的走道上。那扇門隨開門聲開啟，走出一個身穿盔甲的人。那是個跟手上的盾不太相襯的纖瘦男子。

「再來從東邊進場的，是封印的女神阿麗雅朵亞所指導的『天擊的勇者』——望月麗美選手！」

從另一側的門出現的女子，身上的裝備則相對輕便。她穿著跟我們女神類似的洋裝，拿著手杖，看起來的確如阿麗雅所言，是屬於魔法師型的。望月麗美的外表大約二十多歲，及腰的棕色長髮非常引人注目，而且鼻梁高挺，容貌秀麗。

「那孩子就是阿麗雅的勇者啊……」

阿麗雅和望月麗美位在競技場的一側角落，留著白鬚的盾神艾吉斯大人和守野正人則在另一側，雙方分別在競技場的兩邊交談著。這種形式跟聖哉那裡的拳擊手搭一個教練很類似。等勇者上場後，負責指導的神在過程中大概也會對勇者下達戰鬥指示吧。

在眾神觀眾的加油聲中，兩位勇者離開指導自己的神，在競技場中央正面相對。守野正人的表情有點緊張，阿麗雅的勇者——望月麗美則露出挑釁的笑容。

「那麼，第一回合現在開始！」

競技場上響起銅鑼聲，加油聲也同時變大，迴盪整個會場。比賽一開始，望月麗美便立刻後退，跟守野正人拉開距離。她接著舉起手杖，讓前方出現巨大的魔法陣。

——好快！竟然能瞬間展開魔法陣！

不過對手守野也早已舉起盾牌，以因應魔法陣的攻擊。到了下一秒，我不禁懷疑起自己的眼睛。守野舉著的盾牌開始增加，並且往左右散開！總數多達十面以上的盾牌將守野的四周包圍！

「噢噢！這是盾神直傳的招式吧！用分裂的盾抵擋望月選手的魔法攻擊！」

麗美揮動手杖，魔法陣就發出光芒。

「……極流大波（Tidal Wave）。」

從巨大的魔法陣裡湧出大量的水！水勢逐漸增強，猶如海嘯般襲向守野！

我本來以為守野會被水流吞沒，沒想到等海嘯過去後，被盾牌圍繞的守野跟剛才一樣站在原地，看似毫髮無傷。即使如此，麗美仍在空中展開新的魔法陣。

「雷轟球（Lightning Ball）。」

這次從魔法陣裡出現的，是發出雷光的球形閃電。閃電球一眨眼就變成數十個，朝守野射去。每當閃電球擊中守野的盾牌，就會發出「啪啪」的火花聲，但守野方的盾神艾吉斯大人卻摸著白鬍子愉快地笑了。

「用水打溼後再用電擊？可惜這是不會導電的。老夫傳授的『妙盾防陣（Absorbed Shield）』不只物理攻擊，就連魔法攻擊也能完全擋下。而且……」

擔任解說的音神似乎察覺到了什麼，突然大叫。

「這、這是怎麼回事！雷擊都結束了，守野選手的盾竟然還帶電！簡直就像吸收了望月選手的雷電啊！」

我也倒吞了口口水。那些盾牌不但能防禦，還能像聖哉在死皇戰使出的蓄力技一樣，吸收對方的力量！

「你再繼續防禦一段時間。等所有魔法攻擊都結束後，就發動反擊解決對手。」

「知道了。」

守野和盾神進行師徒之間的對話。

——該怎麼辦啊，阿麗雅！

我焦急地觀察阿麗雅的表情，她卻完全不動聲色，跟平常沒兩樣，望月麗美則笑了。

「反擊？真不知道你能不能使出來呢？」

她再次舉起手杖。

「極流大波。」

又、又是水魔法？這樣不但沒效，魔力還會被吸收耶！

巨浪像剛才一樣沖向守野，但這次情況不太對勁。大量的水沒有從競技場上消失，反而留在守野周圍，形成巨大的水球。

「……隔絕空間（Floating Bubble）。」

麗美用沒拿手杖的手對準守野。解說員音神大喊。

「這是應用了風魔法嗎！守野選手被關起來了！」

守野現在身在巨大的水球中。不管防禦再怎麼完美，在球裡的守野畢竟是人類。

「還好嗎？再這樣下去會悶死喔。」

麗美才剛露出笑容，守野就撐不下去，在水中解開包圍他的盾，勉強拔出劍切開水球。大量的水隨守野一起流出來。

「哈啊、哈啊……」

守野氣喘吁吁地看向前方，啞口無言。他的前後左右都被無數雷球團團包圍！守野還來不及發動盾技，就被雷球直接擊中身體！

「嗚哇！」

被打中的守野彷彿遭到雷擊，當場觸電倒地。音神宣布：

「比、比賽到此為止！勝利者是阿麗雅朵亞大人的勇者，望月麗美選手！」

競技場的觀眾席響起如雷的鼓掌和歡呼聲。

這、這就是阿麗雅的勇者！竟然取得壓倒性的勝利！對方明明也是被選拔出來的勇者啊……！

「吶，賽爾瑟烏斯！勇者的對決都這麼快就分出勝負嗎？」

「不！也有纏鬥超過一小時的！不過這次的實力差距還真懸殊呢！」

賽爾瑟烏斯興奮地說：

「話說回來，阿麗雅閣下也真厲害！『封印解除』的能力可以將潛藏在體內的力量解放出來！望月麗美能成為超級一流的天地雷鳴士，也是多虧了阿麗雅閣下的力量！她真的是最適合召喚勇者的女神呢！」

不只是賽爾瑟烏斯，競技場上觀賽的其他神也情緒沸騰，從我背後也傳來這樣的話：

「不愧是阿麗雅大人！竟然能培育出那麼厲害的勇者！」

「這次大概又是瓦爾丘雷大人的勇者和阿麗雅大人的勇者的兩強對決吧！」

聽了這些話後，我從位子上起身，賽爾瑟烏露出吃驚的表情。

「喂、喂，妳要去哪裡啊，莉絲姐？等下就輪到瓦爾丘雷大人的勇者上場了耶。」

「無所謂，反正結果一定是她贏吧？我只看決賽就好。要是阿麗雅來這裡，別忘了代我向她問好。」

「咦？真的要走嗎！妳連咖啡都還沒喝完耶！」

「反正也很難喝，就幫我倒掉吧。」

「！竟然對泡的人這麼說，妳也太沒禮貌了吧！」

我對大叫的賽爾瑟烏斯揮揮手，接著走出競技場。

出來到廣場後，我再次眺望這個巨大的圓形競技場。這個位置離競技場有段距離，卻還是聽得到眾神的鼓譟聲。聽說等神權爭奪杯結束後，競技場就會馬上被撤掉。既然是用創造之神的力量做的，要消失也只需要一眨眼的工夫。至於下一屆，就要再等一千年了。

我獨自回想剛才的比賽，那的確是很精彩的比賽，接下來那些勇者還會繼續進行激烈的對決吧。身為拯救異世界的女神，或許我該好好觀摩學習才對，可是……可是……

——唉……要是聖哉能出場的話……

我重重地嘆了口氣。說到底，我還是很不甘心，所以才會離開競技場。發動能力透視時，我在瓦爾丘雷大人的勇者身上，的確看到了很驚人的能力值，阿麗雅的勇者也擁有可怕的魔力。即使如此，只要聖哉發動狀態狂戰士（State Berserk），勝算還是很高的。更進一步地說，聖哉的能力是強在跟那兩人截然不同的面向上。

——如果其他神看到聖哉戰鬥的英姿，一定也會發出讚嘆！

我懷著懊惱的心情邊走邊想，忽然在距離競技場不遠的地方，看到了某個看似組合屋的特設展館。

「哎呀……那是什麼？」

招牌上寫著「歷代勇者紀念館」。

哦——連這種地方都做出來了。既然是紀念館，不知道能不能看到過去歷屆的優勝勇者呢？

我本來打算直接路過，卻還是停下了腳步。雖然不看比賽，但我想至少確認一下過去有哪些勇者，走進了紀念館。

由於比賽正在進行，館內沒什麼人，一片靜悄悄的。競技場在開賽兩天前就蓋好，所以紀念館應該也是同時完成的。在比賽開始前，或許應該先來這裡看看才對。

「……歡迎光臨。」

背後明明有聲音，轉身卻不見人影。直到我視線向下，才看見一個穿和服的小女孩。

「拉、拉絲緹大人！」

「莉絲姐，好久不見。」

從前教過聖哉變化之術的變化之神拉絲緹大人站在我面前。雖然這位女神身材嬌小，乍看如孩童般稚嫩，但她其實已經活了數萬年之久。可是，她平常應該都待在隱遁神山才對……

「為什麼您會在這裡？」

「我猜拳猜輸了，只好來當這個特設展館的接待人員。」

「是、是這樣啊。呃，竟然用猜拳決定……！」

「都沒人來有夠閒的。妳來得正好，就由我幫妳解說吧。」

拉絲緹大人向我招招手後就邁開步伐，帶領我走進兩旁掛滿畫，彷彿美術館的通道。

「這些都是傳說勇者的肖像畫。除了神權爭奪杯的優勝者外，那些曾多次拯救異世界，充滿傳奇色彩的勇者們也會出現在這裡。」

「哦——」

「這個紀念館平常由至深神界管理，在舉辦神權爭奪杯時會特別移到此處。」

「話說回來，人數還真多呢……！」

我對這多達數十幅的男女肖像感到吃驚，拉絲緹大人則得意地說：

「順便告訴妳，神權爭奪杯是從一萬年前開始的。」

「原、原來歷史有這麼悠久嗎！」

「沒錯，不過對人類世界來說，也不過是一百年前的事。在這段期間，神界召喚過許多勇者，而這些肖像畫的勇者之中，有的已經捨棄人類身分，成為男神或女神了。」

「哦——原來如此。」

「再來妳就自己慢慢看吧。」

我獨自留下，邊走邊欣賞肖像畫。在畫像下方有著牌子，寫著畫中勇者的名字和稱號。

「進擊的勇者」塚本昭彥。

「熱血勇者」火谷剛毅。

「猛烈勇者」倫明星。

「會心的勇者」榎木光惠。

「敏捷勇者」御手洗隼人。

「幸運勇者」四葉京子。

勇、勇者的稱號還真是五花八門呢！

如果是聖哉的話，當然是「謹慎勇者」吧……我不禁這麼想。因為那些稱號很有趣，我邊走邊看，每個角落都不放過。

當我看到後段時……

「嗯？這是什麼？」

我很自然地脫口而出。最尾端只有畫框，卻不見肖像。下方一樣有牌子，上面是這麼寫的──

「神域的勇者」。

真是不可思議。明明有稱號，畫框裡卻是空的，就彷彿原本的肖像畫被拿掉了。可是牌子上沒有名字……不、不對，再仔細一看，上面好像有被擦掉的痕跡。

我正定睛凝視，拉絲緹大人小跑步過來。

「請問，拉絲緹大人，這個畫框是——」

「莉絲姐！不得了了！」

拉絲緹大人興奮地把水晶球拿給我看，球裡映出競技場內的影像。

「瓦爾丘雷大人的勇者好像要跟阿麗雅的勇者對戰了！」

「咦咦！怎麼這麼快！」

「好像是因為被分在同一組了！瓦爾丘雷大人培育出的傳說勇者有五個以上！而僅次於她的就是阿麗雅！這場比賽是命運的對決！可以說是實質上的決賽了！」

雖然瓦爾丘雷大人是統一神界最強的女神，但阿麗雅也拯救了超過三百個異世界，是資深中的資深女神，所以誰勝誰負還很難說。

「這個紀念館可以關了！這麼精采的比賽，我也要親眼見證！」

「等、等一下，拉絲緹大人！」

拉絲緹大人丟下水晶球，如脫兔般狂奔起來。

喂喂，不把門窗關好行嗎！不、不過，至少這場對決我得要好好見識一下！

「請等等我呀！我也要去！」

我追在拉絲緹大人背後，再次前往競技場。

「來了來了！比賽才剛開始，竟然就出現這麼驚人的組合！『天擊的勇者』望月麗美選手正迫不及待地等著『破壞的勇者』伊桑．席佛選手入場！」

音神繆札大人提高嗓門大喊。

回到最前排的座位時，賽爾瑟烏斯和雅黛涅拉大人是個別分開坐的。我連忙在兩人之間坐下。

「噢噢，莉絲妲，妳終於回來啦！」

「妳、妳來得正、正好。比、比賽才剛要開始。」

阿麗雅在場邊對望月麗美下指示。

「麗美，記得要冷靜！妳就照演練時那樣，跟對方保持安全距離！就算攻擊力再怎麼高，只要不讓他碰到妳，他就沒有勝算了！」

「好，交給我吧。我一步都不會讓他靠近的。」

伊桑還沒現身，但瓦爾丘雷大人已在另一邊待命了。她聽到阿麗雅和麗美的對話，便放聲大笑。

「哈、哈哈！妳們好像擬訂了很多對策呢！不過就算妳們再怎麼掙扎，都贏不了我的勇者啦——！」

「沒實際打過，誰輸誰贏還不知道呢！」

阿麗雅露出像是在生氣的表情。嗚、嗚哇，我很少看到阿麗雅這樣耶，這還真的是命運的對決呢……

「那麼，現在就請『破壞的勇者』伊桑．席佛選手進場！」

在如雷的歡呼聲中，通往競技場的門開了。包含我在內的所有神，全將目光集中在門後。

然而……過了好一會兒，仍不見破壞的勇者出場。

「怎麼了？」

「怎麼回事？有什麼問題嗎？」

瓦爾丘雷大人也皺起眉頭。

「真是的，伊桑那傢伙到底在幹嘛？難道去小便了嗎？」

正當眾神七嘴八舌之際，有東西從門後順著拋物線，被扔進了競技場裡。只見那物體「咚」的一聲落地，在競技場的石板地面上滾啊滾的。

——咦……

我坐在最前排，所以把那物體看得很清楚。我看了一次、兩次、三次，雖然畫面清晰地烙印在視網膜上，內心依舊無法接受這個狀況。當事情來得太突然，在發出大叫前，頭腦會先變得一片空白，讓人無所適從。這點不管是人、神都一樣。

在競技場上滾動的，是瓦爾丘雷大人的勇者伊桑．席佛的頭顱。頭顱表情扭曲，顯得十分痛苦。

第三章　樂園崩壞

我周圍的眾神陷入一片譁然。

「人、人類的頭？」

「怎麼可能，應該是某種演出效果吧？」

「喂、喂……那是什麼……？」

某位神指向了某一點，包含我在內的所有神都看向那裡。

有人從門裡緩緩走進競技場。那個人身材纖細，穿著黑金的盔甲，其中最引起我注意的，是對方臉上的面具。

「怎、怎麼可能……！」

我一時衝動從座位上起身，走向競技場。

「喂、喂，莉絲妲，妳、妳怎麼了？」

「等一下！妳要去哪裡啊？」

雅黛涅拉大人和賽爾瑟烏斯出聲喊我，但我還是狂奔了起來。

那才不是什麼演出效果！伊桑・席佛真的被殺了！因為我有印象！不管是那個戴面具的

人，還是他身上詭異的紅黑色靈氣，我全都記得！

——那是當時跟梅爾賽斯在一起的傢伙！

我來到競技場場邊，用力搖晃阿麗雅的肩膀。

「阿麗雅！快叫望月麗美下來！那傢伙不好惹啊！」

望月麗美一臉困惑地望著朝她而來的面具人，阿麗雅對我默默點頭。就算我不說，她應該也察覺到現場氣氛詭異了。

「麗美！跟比賽無關的人就交給神來處理！」

「可、可是……」

「聽我的話，先下來再說！」

麗美似乎被阿麗雅難得強硬的口吻嚇到，有些不情願地下了場。這時，某位神代替麗美踏上了競技場。

破壞的女神瓦爾丘雷大人走近伊桑的頭顱看了一會兒，接著瞪向場中央的面具人。

「是你幹的嗎？」

「嗯。」

面具底下傳出模糊的聲音，毫不猶豫地如此回答。剎那間，瓦爾丘雷大人的身影從我眼前消失。就在我聽到某個清脆聲響的下一秒，兩人的位置竟已調換。

——難、難道發動攻擊了嗎！就在剛才那一瞬間嗎！

面具人調整姿勢，用悠哉的語氣說：

「哎呀呀，好險好險。真不愧是神，速度好快。」

「竟然能躲過我的直接攻擊？這倒是值得誇獎，本來想把你連人帶頭破壞掉的。不過，沒想到你還有心情說『好險』？別笑死人了！」

瓦爾丘雷大人將拳頭緊握，骨頭喀啦作響，而面具也同時產生了龜裂。

「……第一破壞術式（First Valkyrie）『掌握壓壞（Shattered Break）』。」

龜裂的面具化為碎片，灑落一地。我原以為面具下會是醜陋恐怖的怪物臉孔，出現的卻是水嫩光澤的嘴唇、睫毛纖長的雙眼，以及……

「什麼——我還以為有完全閃過呢。這是怎麼辦到的？好猛喔。」

沒了面具後，我能聽清她的聲音了。那是個年紀尚輕的女性的聲音。

「這樣不對吧——神不是不能危害人類嗎？」

女子順了順那頭短髮。瓦爾丘雷大人看著她，臉色變了。

「怎麼是妳……！」

——咦！難道瓦爾丘雷大人認識那傢伙嗎……？

但女子卻裝傻地說：

「只要一個不小心，我也會變成那樣吧。」

她指著伊桑的頭顱，臉上帶著傻笑。

「話說這個人不是優勝的熱門人選嗎？可是他很半吊子耶。」

「妳說我的勇者半吊子？」

「他的能力值是很高，但這並不等於強。假設有個人以第一名的成績從一流大學畢業，後來卻去當色狼，遭到逮捕，這樣妳不會懷疑這個人是不是真的聰明嗎？大概就是這種感覺。」

「妳到底在說什麼？真是莫名其妙。」

「身為前勇者的我只是對他的低水準感到悲哀而已。」

——前、前勇者……？

我對身旁的阿麗雅大喊：

「吶，阿麗雅！那傢伙到底是誰！」

阿麗雅喃喃開口。

「是神域的勇者……！」

這、這個稱號，我剛才是不是在紀念館看過……？

「可是……怎麼會有這種事……！靈魂粉碎的人是絕不可能復活的……！」

阿麗雅的聲音顫抖。瓦爾丘雷大人和阿麗雅似乎都認識這個人。我很想問個仔細，但阿麗雅呼吸紊亂，樣子很不尋常。

當我把視線移回競技場時，突然嚇了一跳。那個女勇者竟面向著我！

「之前我們見過面吧？我問妳喔，當時的男人在不在？我覺得那個人肯定更強。」

「聖、聖哉他不在神界！」

「哼～真無趣。」

她露出打心底覺得遺憾的表情。

「……妳這傢伙到底在看哪裡？」

這時瓦爾丘雷大人瞬間逼近女勇者背後，朝她揮下帶有破壞之力的手。金屬聲頓時響起……而我也目睹到更令人難以置信的景象。

在瓦爾丘雷大人和自稱前勇者的女子之間，闖進了某個身穿迷彩服，長相眼熟的女神。

她用交叉的雙劍擋下破壞之拳。

「傑、傑特！」

我反射性地大叫。怎麼可能！她不是被布拉夫瑪大人隔離了嗎！

以前傳授狀態狂戰士給聖哉的戰神傑特，以雙劍將纏著鎖鏈的拳頭打掉，並對那個前勇者開口。

「別掉以輕心，這傢伙可是統一神界最強的女神。」

「那傑特，我用第四階段也贏不了嗎？」

「妳是指狀態狂戰士・第四階段（State Berserk Phase Fourth）嗎？我明明沒教妳，妳竟然會用，感覺還真奇妙。不過，這也是靠梅爾賽斯大人偉大的力量吧？」

「告訴我，到底能不能贏？」

「……總之，現在先照作戰計畫進行吧。」

「這樣啊。嗯，說得也是。」

傑特拿著劍和瓦爾丘雷大人對峙，女勇者則趁隙將手伸進胸口，掏出一張紙。她把紙拋向空中，紙上的紅色魔法陣就彷彿被拋入這個空間，化為巨大的實體！

「門，開了喔——可以進來了——」

令人發毛的血之魔法陣裡，出現看似屍體的腐爛手臂。

「難、難不成……！」

我的不祥預感成真了。各式各樣的異形……有的穿著盔甲，貌如殭屍，有的穿著黑袍，散發邪氣，有的軀體像恐怖的蟲……全都陸陸續續地爬了出來！

「是、是邪神！」

競技場內的眾神一片譁然。那些邪神散發出的不祥邪氣，足以媲美難度ＳＳ級世界的魔王。他們在魔法陣旁圍成一圈，單膝跪地。不久後……暴虐女神頂著一頭飄逸的雜色長髮，從魔法陣裡瀟灑地登場。

——梅爾賽斯……！

她的漆黑靈氣如此邪惡，與神靈之氣完全不同，但那股壓倒性的存在感，以及某種難以言喻的美感，卻讓我不禁看得入神。

她經過那些下跪的邪神，環顧四周。

「我回來了，統一神界。」

跟梅爾賽斯站在同一直線上的瓦爾丘雷大人咂舌。

「這全是妳一手策劃的吧？」

「瓦爾丘雷……連阿麗雅也在，有好多懷念的熟面孔喔。」

「別說得那麼悠哉，這裡可是眾神環繞的競技場，妳真以為自己能全身而退？」

「沒問題，因為我是特別選在這個時間、這個地點來的。」

「一切好像都照著妳的計畫走，感覺真不爽。妳究竟是怎樣騙過伊希絲妲的眼睛？『對傑特下指導棋，召喚以前的勇者，連邪神也送進來』——這種事在神界是不可能發生的。」

沒、沒錯，伊希絲妲大人能預知不久後的將來。既然有她在，為什麼還會發生這種事……？

「這是我上次學到的教訓。因為伊希絲妲無法看透自己的未來，所以只要將殺掉伊希絲妲列為突襲的首要目標，就能防止她預知未來了。」

「妳說什麼……」

梅爾賽斯對傑特打暗號，傑特就走下競技場，把放在一旁的大麻袋拿來。

「嘿咻。」

袋子咚的一聲落地。傑特接著在梅爾賽斯身旁露出冷笑。

「這袋子裡裝的是什麼，應該不用我說吧？」

從袋子裡流出鮮紅的血。我頓時全身僵住

「不、不、不會吧！他們殺了伊希絲妲大人？天、天啊！」

「冷靜一點，莉絲妲！神就算肉體毀滅也不會死！伊希絲妲大人一定不要緊的！」

阿麗雅像在鼓舞自己般提高嗓門，她的叫聲也傳進傑特耳裡。

「也對，基本上是那樣沒錯。不過要是用上這個，就會出現例外了。」

傑特高舉劍身漆黑的雙劍，劍上散發出瘴氣。

「連鎖魂破壞（Chain Destruction）——不管什麼都殺得死，連神也一樣。請小心啊——」

傑特一說完，就拿著雙劍跳進觀眾席！那些異形也呼應她的行動，各自拿起武器，朝眾神所在的地方蜂擁而上！

「嗚哇啊啊啊啊啊啊！」

「不要啊啊啊啊啊啊啊！」

平時充滿威嚴的眾神知道自己有可能被殺，立刻臉色大變，如無頭蒼蠅亂竄。在這場揮砍聲和慘叫聲此起彼落，猶如地獄的光景的混亂中，傑特高聲宣布：

「敬告各位耽於和平，養尊處優的神！第二次神界統一戰爭（Almag Z Second）自此刻正式開始！……嗚，呃啊！」

這時，突然產生了劇烈的聲響和震動！傑特腳下的競技場地面突然碎裂！在閃過攻擊的

傑特面前，是怒髮衝冠的軍神雅黛涅拉大人。她拿著揮下的劍，站在原地。

「雅、雅黛涅拉……！」

「傑、傑、傑特……！」

她們一臉猙獰地互瞪對方，然後……

「傑、傑特！去、去、去、去死吧！」

「要死的人是妳才對——————！」

我知道雅黛涅拉大人跟傑特之間有過深仇大恨。雙方將一萬年份的憤怒與怨念灌注於劍上，開始激烈交鋒！

「啊哈哈哈哈哈哈！氣氛越來越嗨了！」

女勇者在梅爾賽斯身旁笑得很開心。瓦爾丘雷大人怒瞪女勇者。

「喂，混帳，我只問妳一個問題。妳是用連鎖魂破壞殺死伊桑的嗎？」

「嗯，是啊。」

「……他有孩子耶。」

「那又怎樣？」

瓦爾丘雷大人露出怒不可抑的表情。在女勇者高聲大笑時，天空發出「嗡——」的悶響。我抬頭一看，發現天空被魔法陣給籠罩。梅爾賽斯也看向天空，喃喃開口。

「時間的魔法陣……克羅諾亞嗎？不過這是白費工夫，我已經展開時空操作無效領域(Anti-Clock Field)

了。」

——那、那是克羅諾亞大人傳授給聖哉，用來預防時間操縱的招式！梅爾賽斯也會用嗎！她是怎麼辦到的！

「世界已經開始歪曲了。」

梅爾賽斯喃喃自語。搞不懂的事實在太多，讓我的腦海陷入半混亂狀態。神、神界以後到底會變得怎麼樣啊……！

但可靠的最強女神擋在梅爾賽斯面前。

「根本沒必要停止時間！我會把妳們這些傢伙統統破壞，一個都不留！」

「破壞神瓦爾丘雷——攻擊力、技能都是統一神界最強。之前幫助我的眾神，全都在妳面前消失無蹤……」

「這次也是一樣喔。」

「跟靈魂一起遭到放逐後，我流浪過無數個異世界，獲得了更強的暴虐之力。」

「妳應該是有一定的把握才會出現在神界吧？我是不會小看妳，但在這一招面前，一切都將無關緊要。」

瓦爾丘雷大人朝著天空大喊。

「至深神界！執行神界特別處置法（order）！」

她一喊，身上就迸發出龐大的靈氣。至深神界代替伊希絲妲大人下達了許可。我目睹瓦爾丘雷大人真正的力量，不禁渾身一震！那是突破極限的終極能力值！

「不會再有下一次了，梅爾賽斯。當年我還多少有手下留情喔。」

她將左手放上右手，對準梅爾賽斯，我看了戰慄不已。蓋亞布蘭德的魔王戰掠過我的腦海。那是瓦爾丘雷大人的最終破壞術式！絕對無法迴避的直接攻擊技！

「妳是打算發動天獄門吧？」

「就算知道，妳也無計可施吧？」

「這倒未必。」

被瓦爾丘雷大人的手對準的梅爾賽斯，身上忽然冒出類似瘴氣的東西。梅爾賽斯周圍的空間就像海市蜃樓般變得歪曲。

——這、這股靈氣是什麼……！

這種靈氣我是第一次看到，感覺極為不祥。我對瓦爾丘雷大人大喊：

「瓦爾丘雷大人！快發動天獄門啊！」

「可、可惡……！」

但瓦爾丘雷大人對準梅爾賽斯的手不停晃動，害她無法瞄準！梅爾賽斯用冷靜的語氣開口。

「神界的歷史將在今天落幕，一切都會重生為正確的新世界……」

梅爾賽斯的一隻手搶在天獄門發動前揮下，拍打神界的地面。

「扭曲吧，天意流動體（Through The Never）。」

地面彷彿成了柔軟的物質，在梅爾賽斯的拳頭之下上下震盪。這股波動從地面傳導至空間，讓競技場整個扭曲變形。

現在——眼前所看到的一切都在搖晃。我腳步踉蹌，站也站不直，只好就地蹲下。

不久後，我感到強烈的暈眩，頭腦昏昏沉沉，意識也越來越模糊。

第四章　在扭曲的世界

在那之後不知過了多久，可能僅僅數秒，也可能是好幾個小時。

破壞的勇者遇害，自稱是前勇者的女子和戰神傑特來襲，然後……暴虐之神梅爾賽斯現身。伊希絲妲大人、阿麗雅及神界到底變得怎麼樣了？接下來我該怎麼辦？

發生了好多可怕的事，讓我不住地顫抖。我的意識在黑暗中求救。

即使成為了女神，每當陷入絕境，我都會想起那個名字。那名字的主人並非神界的神，而是我前世所愛的人類。

——救救我……聖哉！

我在心中呼喚。雖然得不到回應，卻有道溫暖的觸感。厚實的胸膛碰觸我的臉頰，還傳來懷念的氣味。

聖、聖哉？是聖哉！沒錯！每當我遇上危機時，他總會在我身旁！

我將對方一把抱緊，睜開眼睛。

「聖哉！」

然而……在我眼前的卻是個留鬍子的肌肉男神，臉頰還紅紅的。

「喂喂，莉絲姐，不要抱太緊啦，這樣我會不好意思的。」

「！喂，給我滾開！」

「嗚喔！好痛！」

我用力推開賽爾瑟烏斯，他當場跌坐在地。

「嘔嘔……！」

「妳到底想幹嘛！一下隨便抱我，一下又作勢要吐！」

「不，等一下……我是真的有點吐出來了……」

「！妳是真的反胃嗎！沒禮貌也該有個限度吧！」

賽爾瑟烏斯大叫，我則自顧自地輕輕搖頭。

我真笨，我又沒召喚聖哉，他怎麼可能在嘛……話說回來，這裡到底是哪裡……？

我用手抹去嘴邊酸酸的口水，重新環顧四周後，不禁啞口無言。

放眼望去盡是一片荒野，細沙上隨處可見枯草和碎裂的岩石。這裡不太像自然形成的沙漠，打個比方的話，就像很久以前發生過大爆炸的遺跡，遠方甚至還散落著看似人骨的物體。

「這、這個陰森的地方是哪裡啊，賽爾瑟烏斯？」

「我不知道，但這裡絕對不是神界。」

賽爾瑟烏斯的語氣意外的冷靜。我回過頭，發現他雙手抱胸，兩腿不停打顫。

「這裡充滿邪氣，感覺好可怕……莉絲妲，我可以和妳牽手嗎？」

「當然不行！你用自己的右手握住左手吧！」

「這樣只是雙手合十吧！真是冷血的女神！」

「先別管這個了。阿麗雅、雅黛涅拉大人和其他的神呢？」

「我醒來的時候，附近就只剩下妳了。可能只有我們被扔到這個奇怪的地方了。」

「不會吧……！」

我不禁張口結舌。賽爾瑟烏斯則像要替自己打氣般說道：

「好啦，別那麼沮喪嘛！至少我們都平安無事啊！」

「不，才不是呢。想到要跟你獨處，我真的很想死……」

「！妳是怎麼搞的！從剛才就一直這樣！」

「總之我要先回神界一趟！」

「說、說得也是。那妳快打開通往神界的門吧。」

「咦，你不會自己開嗎？」

「是啊，我從來沒開過，再說我也不知道開門的方法。」

「唉……」

這個肌肉男神真是虛有其表。我抱著傻眼的心情詠唱咒語，叫出通往神界的門，然後戰戰兢兢地把門緩緩打開。

「嗯？怎麼了？那裡不對嗎？」

「等我一下。」

在伊克斯佛利亞時，門裡曾因為咒縛之球的影響變成白牆，讓我們回不了神界。雖然這次我也有可能無法順利回去的預感，牆卻出乎預料地沒有出現。

「太好了！應該能回去了！」

我如釋重負，和賽爾瑟烏斯一起進門。當我們穿過門後，賽爾瑟烏斯卻忽然臉色一變。

「喂，莉絲妲，妳不覺得怪怪的嗎？這裡真的是神界嗎？」

門和以前一樣開在神界的廣場上，但四周都被濃霧包圍，看不太清楚。

「這片霧是怎麼回事？」

「可能是梅爾賽斯幹的好事……我們去找知情的神問問看吧！」

我和賽爾瑟烏斯在看不見前方的濃霧中緩緩前進。走了一會兒後，賽爾瑟烏斯瞇起眼睛。

「好像有人。」

有個身穿白色長袍的神走在不遠的前方。從他的背影感覺不到邪氣，不像是梅爾賽斯或邪神。我和賽爾瑟烏斯靠近那位神。

「不好意思，請問一下！梅爾賽斯她……不，神界現在情況還好嗎？」

「……神界？」

我一問，對方就用莫名尖銳的聲音反問，並緩緩地轉向我們。

我看了差點昏倒！那個人的臉是空洞！他臉上開了漆黑的大洞！

「「噫！」」

我忍不住和賽爾瑟烏斯一起尖叫，那臉上的空洞就發出笑聲。

「呼嘻哈哈哈哈哈哈哈哈哈這裡是冥界啦冥界啦。」

「冥、冥界！」

這來路不明的人物慢慢地靠近！我邊後退邊大喊。

「是、是這樣啊！那我們先告辭了！」

之後我和賽爾瑟烏斯在濃霧中全力衝刺，沿著原路往回跑了好一會兒才停下。身旁的賽爾瑟烏斯帶著怒意大叫。

「喂！這裡果然不是神界吧！」

「不、不可能！以前門從沒開錯過啊！」

「可是那傢伙說『冥界』耶！為什麼門會通往那種地方啊！」

「我怎麼知道……咦，等等！好像有什麼聲音……」

這時濃霧突然分開，臉呈空洞的怪物出現在我們面前！

「嗚喔！他追過來了！」

「呼嘻哈哈哈哈哈呼嘻哈哈有神靈之氣有神靈之氣我感覺到感覺到感覺到了。」

他重複著相同的話，朝賽爾瑟烏斯步步逼近！

「咦！等、等一下，請、請問有什麼事！找小、小、小的有什麼事！」

賽爾瑟烏斯嚇得六神無主，連「小的」都脫口而出。但空洞怪硬是將臉湊上去！還從空洞裡伸出長長的，類似舌頭的東西！

「咻嚕嚕嚕嚕嚕嚕嚕真好啊神真好啊咻嚕嚕嚕嚕嚕嚕。」

……舔。

賽爾瑟烏斯還來不及閃，臉就被又大又長的舌頭舔了！

「！啊噫噫噫噫噫噫噫噫噫噫噫！」

賽爾瑟烏斯慘叫起來，拔腿狂奔！我也連忙追在他後頭！

「等、等等我啊！」

「誰要等啊啊啊啊啊啊啊！我會被吃掉的！門！快開門啊，莉絲妲！」

「要、要開在哪裡！」

「哪裡都好！總之先逃出這裡再說！」

我馬上打開門，跟賽爾瑟烏斯一起衝進門裡。

走出門後，眼前是一片荒野。我們又回到之前的荒廢世界了。

「我、我還以為會被他一口吞了……！」

賽爾瑟烏斯開始用腳下的細砂清除沾在臉上和身上的黏液。

「吶，賽爾瑟烏斯，『冥界』是什麼？」

「我以前聽伊希絲妲大人說過，那裡好像是介於神界和邪神界之間的世界，不過我也不是很清楚。」

「為什麼門會跟冥界連結呢……」

我忽然想起梅爾賽斯曾說過，神界的歷史將會落幕。

「我、我再開一次門看看。」

我試著消除不好的預感，再次叫出通往神界的門。把門緩緩打開後，外頭依舊是一片濃霧，而且……

「咻嚕嚕嚕嚕嚕。」

「！那傢伙還在！」

一聽到舔舌頭的聲音，我立刻把門關上。要是像賽爾瑟烏斯那樣被舔了臉，我可吃不消啊！

回不了神界，我只好試著打開通往伊克斯佛利亞的門。那裡是我還在當人類時的故鄉，但一樣開不了。看來目前似乎只能在冥界和這個荒廢的世界之間往返了。

「……唉，該怎麼辦啊？」

我還在煩惱以後該如何是好時，賽爾瑟烏斯從背後向我搭話。

「我說莉絲妲，妳現在是要去哪裡？看妳走得好順喔。」

經他這麼一說，我才發覺自己正一面思考，一面無意識地往前走。這感覺真是不可思議。

「咦……這是怎麼回事？」

剛來這裡時，我因為陷入慌亂而沒有察覺，但現在仔細回想，我以前似乎有來過這個地方。

「我記得前面好像有城鎮……」

「妳怎麼知道？」

即使賽爾瑟烏斯這麼問，我也說不出個所以然。雖然腳一直陷進沙子裡，我還是繼續前進。走了一段時間後，賽爾瑟烏斯定睛凝視前方，遠處有個像城鎮的地方。

「噢噢！莉絲妲，就跟妳說的一樣呢！」

看到真的有城鎮，我自己也很驚訝。但跑過去一看，結果卻令人失望。鎮上盡是破爛的商店和隨時會倒塌的民宅，彷彿無人的鬼城。

賽爾瑟烏斯撿起腳下腐朽的招牌，喃喃開口。

「這是標示牌嗎？上面寫著『艾多納鎮』。」

嗯？艾多納鎮……？好像聽過，又好像沒聽過……

「莉、莉絲妲！有人來了！」

我正在回想時，聽到賽爾瑟烏斯大喊。有人影從前方走來，但對方不是普通的人類，而是身穿盔甲的巨大蜥蜴。

「那隻用雙腳行走的蜥蜴是什麼！」

「是龍人……！」

我至今救過近十次異世界，其中只有一次是有龍人的世界。沒錯，那是我成為女神後第一次召喚聖哉，前往拯救的難度S的異世界。

「『龍人』！還有『艾多納鎮』！我想起來了！這裡是蓋亞布蘭德！」

「蓋亞布蘭德？」

「是之前聖哉和我救過的異世界！」

龍人越走越近，但我知道對方不是敵人，所以很冷靜。不出我所料，龍人果然在我面前畢恭畢敬地跪下。

「多麼神聖的氣息啊，難道您是女神大人嗎……」

「是、是的，我的確是女神。請問，這裡是蓋亞布蘭德對吧？」

「誠如您所言。」

「果然沒錯！」

知道自己身在熟悉的地方，我稍微鬆了口氣。羅札利、馬修和艾魯魯現在應該還在羅茲加爾多帝國吧？但這裡跟我之前來過的艾多納鎮，感覺上卻明顯不同。

「請問，這個城鎮為什麼荒廢了？難道又出現新的魔物了嗎？」

「這個鎮是十幾年前戰爭過後的遺跡。從前我們龍族和魔王軍曾展開激烈的大戰，雖然我方犧牲慘重，但最後仍消滅了魔王，世界也因此得救。」

「……啥？」

這個龍人把聖哉和我的功績講得好像是龍人辦到的一樣，我不免有些火大。

「等一下！打倒魔王的人，應該是我召喚的勇者龍宮院聖哉才對吧！」

「蓋亞布蘭德從來沒出現過勇者，而且這也是第一次有女神大人降臨。」

「咦？」

「打倒魔王拯救世界的，是偉大的神龍王德拉哥奈特大人。」

「神龍王……德拉哥奈特……？」

「神龍王打倒魔王後，為了替所有龍族帶來幸福，就在龍族的聖地巴哈姆特羅司鎮守，統治整個蓋亞布蘭德。啊，這一切都是多虧了聖天使大人的庇佑……」

他的話我有聽沒有懂。難道這個龍人腦袋有問題嗎？而且艾多納應該是人類的城鎮，有龍人出沒感覺也怪怪的。

我覺得很可疑，仔細盯著龍人的臉看……心頭突然一顫。雖然對方笑咪咪的，我卻能感受到他心中潛藏的陰暗。

——這、這種情節之前好像也發生過……！

此時掠過我腦海的，是戰帝把我叫到神殿，企圖用連鎖魂破壞殺害我的記憶。沒錯，潛藏在這龍人心中的——正是「惡意」。

我退後一步，龍人則從胸前取出一本書，並打開這本紅色書背的厚重書籍。

「聖天使教典第六條是這麼寫的——『未來可能有自稱是勇者和女神的人出現，那正是喚來破壞之人，到時必須以連鎖魂破壞將其毀滅。』」

這時從教典的書頁裡，突然像變魔術般冒出了比書長上數倍的劍刃！龍人迅速拿起那把劍大力揮砍！

「噫！」

賽爾瑟烏斯大叫，我則搶先做出反應，把他推倒以閃過那一擊。龍人用佩服的語氣高聲說：

「哦，妳的直覺還真準呢。」

「這、這種事我之前也遇過！」

「不過，以勇者和女神之名行騙的人都得死。」

龍人用爬蟲類的冰冷眼眸瞪向賽爾瑟烏斯。

「你就是勇者吧？」

「不對！我是劍神……不、不是……是咖啡座的老闆！」

我大吃一驚。就算不是勇者，只要自稱為神，似乎也會被當成敵人，所以他才假裝成不相關的人嗎！未免太沒骨氣了吧！

龍人吐出舌尖分岔的舌頭。

「那就給我死吧，『咖啡座的勇者大人』……」

「！我不是說我是『咖啡座的老闆』嗎！」

「冷靜一點，賽爾瑟烏斯！既然這裡不是伊克斯佛利亞，而是蓋亞布蘭德的話，那魔物應該也不會太強！就算要打也一定能贏的！」

「是、是嗎！原來不強嗎！我來看看喔……」

賽爾瑟烏斯似乎在看龍人的能力值，我於是也發動透視能力。

龍人

Lv：41

HP：67842　MP：0

攻擊力：35515　**防禦力**：37489……

「！不，這隻蜥蜴有夠強的！能力值跟我差不多啊！」

「咦咦！」

我也很驚訝，這驚人的能力值足以媲美伊克斯佛利亞的獸人。但、但這就怪了！這裡明明是蓋亞布蘭德啊！

難道是這個龍人特別強嗎？我實在搞不清楚。再說，就算對方很強好了，賽爾瑟烏斯這個劍神竟然只有蜥蜴人的程度，這點實在讓人匪夷所思。

「總之我手無寸鐵，他又有那個連鎖什麼的！我們還是先逃吧！」

「……我不會讓你們逃的。」

龍人將劍高舉過頭，朝賽爾瑟烏斯衝來！我把事先準備的沙袋砸在龍人臉上，對方就「嗚」地悶哼了一聲。正如我所料，沙子似乎跑進龍人眼中了，讓他痛得蜷縮起身子。

「我們快逃，賽爾瑟烏斯！」

「好、好！」

我們在形同廢墟的艾多納鎮上，上氣不接下氣地一路狂奔。過了一會兒後，我們似乎跑進艾多納的中心區域了，四周密密麻麻的都是倒塌的建築物。我們躲到其中一棟房子的後面。

「哈啊、哈啊、哈啊、哈啊……！」

當我在調整呼吸時，賽爾瑟烏斯一臉詫異地問我。

「莉絲姐！妳什麼時候做了那個沙袋？」

「在來這裡的路上都有走過沙地吧，那是我當時收集沙子做成的，以備不時之需。」

「妳好像……變得很小心呢，就跟那個勇者一樣。」

大概是因為跟聖哉一起行動久了，我也多少受了他的謹慎影響。這時，遠方傳來龍人的怒吼聲。

「可惡，你們這些邪教徒，都躲到哪去了！無論來的是惡魔之劍，還是假冒勇者的騙子，我們聖天使教團都不會退縮的！」

「聖天使教團？真是的，我完全搞糊塗了！」

我從遮蔽物後方偷瞄了一眼，發現龍人又多了兩個。

——他、他還有夥伴喔！

不過由於建築物太多，龍人們一時找不到我們，便從反方向離開了。

「呼……這樣暫時能放心了。」

「這要怎麼放心啊！這個危險的異世界究竟是怎麼回事！還說妳救了這世界，根本是騙人的嘛！」

「我沒有騙你！我們是真的救了這世界！只不過……」

這是回到了我和聖哉救了蓋亞布蘭德之前的時代嗎？不，還是之後？不，也不對，好像又不太一樣……！

「喂、喂，莉絲妲！那裡也有龍人！」

賽爾瑟烏斯小聲地說。我回頭查看，發現這次走來的龍人跟剛才的盔甲龍人不同，穿的是麻製衣物。

「不會吧！龍人到底有幾個啊！」

「這下慘了！走吧，莉絲姐！我們乾脆賭一把，使出全力衝出這個鎮吧！」

「好、好吧……不，等一下。」

我也很想馬上逃出這個危險的地方，但我突然想到，如果換作是聖哉，他這時會怎麼做？

「……那些龍人已經通知了夥伴，說我們在鎮上，要是現在跑出去，被發現的機率會很高。我們還是先躲在這裡觀察情況吧。」

「沒、沒問題嗎？」

「這棟房子裡好像沒人，我們先進屋裡好了。」

我們進入一旁的廢屋，把門緩緩關上，然後蹲在沒有玻璃的窗子下方，以便隨時查看狀況。

「嗚嗚……」

賽爾瑟烏斯在我背後呻吟。

「怎、怎麼了？哪裡受傷了嗎？」

「不，我是因為緊張和壓力而偏頭痛。好想回家吃小鬆餅喔……」

「！你還真是沒用到超乎想像啊！」

唉，算了！別指望賽爾瑟烏斯了！如果逼不得已，我也只好戰鬥了！

我還有一個擾敵用的沙袋，為了保險起見，我決定先拿出來備用。當我要從胸口拿出袋子時，有張紙隨著沙袋落下，那是寫有聖哉之名的勇者召喚名單。

我連忙撿起名單，卻瞬間睜大雙眼。召喚名單下方出現文字，還發出金色光芒。

『已確定是救世難度S以上，可召喚龍宮院聖哉。』

第五章　冥界

「可、可以了！可以召喚聖哉了！」

我滿心歡喜地在廢屋裡高呼，賽爾瑟烏斯卻皺起眉頭。

「可是勇者不是會回到等級一嗎？把那種狀態的傢伙叫來有用嗎……」

「那賽爾瑟烏斯，你有辦法應付現在的狀況嗎！」

「嗚，胃炎和肺炎和腎臟炎突然一起發作……抱歉，我沒辦法。」

「！他就算等級一，也比你可靠一千倍！總之給我好好把風，別讓龍人跑來亂！」

我留賽爾瑟烏斯在窗邊把風，開始做召喚勇者的準備。我從胸口取出召喚用的粉筆，在廢屋的骯髒地板上畫起魔法陣。

的確，把能力值回到初始狀態的聖哉叫來，或許真的派不上什麼用場，甚至還可能讓他遭遇危險。即使如此，我仍舊在地上拚命畫著魔法陣。不管怎樣，我都好想見聖哉一面。

——我這樣沒資格當上位女神吧……

我一喊聖哉的名字，魔法陣就發出光芒，照亮昏暗的廢屋。然後……有一名勇者從光芒中被召喚出來。

「聖哉……！」

這是我第三次召喚聖哉。龍宮院聖哉還是一樣擁有英挺的臉龐，媲美模特兒的身材——咦，奇怪？

我發現聖哉的服裝跟以往不同。之前他都穿T恤或家居服，這次卻換成了酷似軍人的迷彩裝，很有野外求生的感覺。

「呃，聖哉，我知道這麼問很突然，不過你這身打扮是……？」

「這是護具，也就是所謂的防彈背心。順便告訴妳，我底下還多穿了防砍背心。根據以往的經驗，我發現只有衣服能帶到神界和異世界，所以我每天都二十四小時穿戴護具，以備下次的召喚。」

「你、你一直穿著這樣的重裝備，在日本生活嗎！」

「沒錯，不過偶爾會被警方盤查就是了。」

大、大家一定都覺得他很可疑吧！不過……嗯！他就是可靠在這份謹慎上！雖然等級可能只有一，還是很令人放心！

聖哉往四周張望，看到賽爾瑟烏斯後皺起眉頭。

「啊，嗨，聖哉先生，好久不見了！最近還好嗎？」

賽爾瑟烏斯用宛若後輩的語氣打招呼，但聖哉對他視若無睹，直接問我：

「這裡不是神界吧？怎麼看都像異世界。」

「沒錯，聖哉！其實現在情況很糟糕——」

聖哉伸出一隻手擋在我面前。

「我已經掌握目前的狀況了。既然這次不像以前一樣在神界，而是突然在異世界召喚我，就代表目前出現了『無法回到神界的危機』。至於為什麼事情變成這樣，要推測緣由並不難。」

真不愧是聖哉！他會準備護具，一定也是因為預測到梅爾賽斯會攻進神界！呵呵！簡直就像名偵探一樣！

我正感到佩服時，聖哉賞我白眼。

「莉絲妲，妳一定又跟以前一樣犯了愚蠢的錯，惹怒至深神界的神，才會被丟來這個異世界——對吧？」

「！不，才不是呢！」

「那麼……是妳跟賽爾瑟烏斯一起私奔來這個異世界——對吧？」

「『對吧』你個頭啦！想也知道不可能吧！」

「唔……不，先等一下，那傢伙真的是賽爾瑟烏斯嗎？」

「「咦咦咦！」」

我跟賽爾瑟烏斯都大吃一驚。

「既然我是受妳召喚，妳是女神這一點應該無庸置疑，但這個賽爾瑟烏斯有可能是假的。」

「怎、怎麼可能嘛！我是真的啦！」

「太可疑了，不然你在五十字內證明自己是賽爾瑟烏斯。」

「我是賽爾瑟烏斯咖啡座的老闆，也關照過殺子和姜德！請相信我啊！」

我聽著他們的對話，不禁感到錯愕。

不，聖哉根本不是名偵探！沒錯，他只是在思考各種可能性而已！我突然變得不安起來了！

「聖、聖哉，你誤會了！是梅爾賽斯終於攻進神界了！你不是也一直在擔心這件事嗎！」

「這樣啊。雖然妳在那種情形下還能平安無事有點奇怪，不過……嗯，那賽爾瑟烏斯的真偽就先擱著好了。」

「我、我從剛才就一直說我是真的，你卻完全不相信我……！」

聖哉對一臉失望的賽爾瑟烏斯理都不理，繼續對我說：

「莉絲妲，我要妳針對梅爾賽斯來襲的經過，做出鉅細靡遺又簡單扼要的報告，要在十秒以內說完。」

「你、你的要求也太亂來了吧……！」

我叫賽爾瑟烏斯去窗邊把風，然後開始描述。

……梅爾賽斯、傑特及自稱是前勇者的女子襲擊神界。

……等回過神時，我已經和賽爾瑟烏斯來到蓋亞布蘭德。

……就算叫出門也回不了神界，只能通往冥界。

雖然無法在十秒內說完，我還是盡快把之前發生的一切統統告訴了聖哉。

「而我們現在正在躲持有連鎖魂破壞的龍人們！」

聖哉小心翼翼地接近窗子，觀察外面的狀況，接著拿起房內的腐朽家具堵住門口，做出路障。之後他再次靠近我，並且……

鏘！

「！好痛！」

無預警地打了我的頭！

「別在這麼糟糕的時間點叫我來。就算我特地穿了護具，一旦被龍人發現還是會馬上死的。」

「對、對不起！」

「妳看，被罵了吧，我就說嘛。」

賽爾瑟烏斯正一臉得意時，也「鏘！」的一聲挨了聖哉一拳。

「好痛啊！為什麼連我也打啊！」

「沒為什麼，就是想打……總之莉絲妲，我們先離開這裡。把門打開。」

「我、我不是說了，現在門只能通往冥界！而且那邊有臉是空洞的危險怪物出沒，賽爾瑟烏斯還差點被吃了！」

「沒錯！那裡去不得啊！」

但聖哉依舊面不改色。他把身體蹲低，邊留意窗外邊說：

「沒問題，只要趁怪物吃賽爾瑟烏斯時想出下個對策就好。」

「！我被吃了才有問題吧！」

「不管怎樣，那個叫冥界的地方說不定比較安全。在冥界的怪物應該沒有連鎖魂破壞吧？」

「啊！這麼說的話的確是呢！」

「不管是遇襲還是被吃，只要沒有死亡的風險，在冥界還是比較安心。」

「真、真的不要緊嗎？我實在不想去……」

雖然賽爾瑟烏斯的表情極為不滿，但聖哉說的也有道理。就在這時，原本在觀察外面情況的聖哉把聲調壓低。

「有個龍人朝這裡接近了，莉絲妲，動作快。」

「我、我知道了！」

眼看龍人就要來到門前，我們搶先一步穿過開啟的門。

「……哦，這裡就是冥界嗎？霧還真濃呢。」

聖哉老神在在地喃喃自語。雖然好不容易逃離龍人的追殺，但四周依舊被濃霧包圍，更糟的是……

「咻嚕嚕嚕嚕嚕嚕嚕。」

令人發毛的舔舌聲再次響起，臉呈空洞的怪物再次從霧中緩緩逼近！

「又、又是那個傢伙！」

怪物跳到賽爾瑟烏斯面前，從漆黑的空洞伸出恐怖的長舌頭！

「噫！聖哉先生，救命啊！」

賽爾瑟烏斯大叫出聲，躲到等級一的聖哉背後。聖哉不為所動，向臉上是空洞的怪物搭話。

「你到底有何目的？」

「我想舔我想舔我想舔神。」

「這樣啊，那你就盡情地舔個痛快吧。」

聖哉爽快地說完，就把賽爾瑟烏斯一腳踢飛！賽爾瑟烏斯「哇」的大喊一聲，就這樣一路滾向從空洞裡伸出舌頭的怪物……

我舔，我舔，我舔舔舔舔舔。

賽爾瑟烏斯的臉被舔了又舔。

「噢噢噢噢噢噢噢噢噢噢噢噢！救救我啊啊啊啊啊啊啊啊啊！」

「聖、聖、聖哉！賽爾瑟烏斯那樣沒問題嗎！」

「神不會死的，完全沒問題。」

「可、可是……嗚噗……好、好殘忍啊……！」

舔舔，小舔，大舔，舔舔，舔——舔舔。

賽爾瑟烏斯被舔個不停，慘叫連連，聖哉則雙手抱胸，冷眼旁觀賽爾瑟烏斯的慘狀。

……過了幾分鐘後，賽爾斯烏斯不只臉，連身上也沾滿了口水。他整個人委靡不振，像剛出生的小鹿般不斷顫抖。

「吶，你還好吧，賽爾瑟烏斯？」

「……嗚嗚！全身黏答答的……好噁心喔……嗚嗚！」

「聖哉！賽爾瑟烏斯雖然在哭，不過看起來並不要緊！」

「嗯，沒事就好。」

「！哪裡不要緊，哪裡沒事了！我全身黏答答耶！」

賽爾瑟烏斯邊哭邊發脾氣……

「噢噢，好滿足好滿足好滿足喔。」

空洞的怪物則縮回長舌頭，發出喜悅的呼喊。

「咦？只有舔嗎？看來他跟龍人的確不一樣，沒有要殺我們的意思。」

「嗯，而且同一句話會重複兩三遍，不怕會漏聽，也讓人很放心。雖然還不能完全篤定，不過這傢伙或許並不壞。」

「是、是這樣嗎……」

就在這時……

「抱歉，侯佐實在太失禮了。」

我聽到一道清亮的女性嗓音，便回頭看，發現後面站著一位將紫色頭髮盤成髮髻的女子。雙眼皮配上高挺鼻梁，除了眉間鑲著像寶石的東西這一點外，她就是個普通的美女。她拉起灰色洋裝的下襬，向我和聖哉鞠躬行禮。

「你們是莉絲妲黛大人和龍宮院聖哉大人吧？平時受兩位照顧了。」

「咦！為什麼妳知道我們的名字！」

而、而且還說「受兩位照顧了」？我們跟這位女子應該是初次見面吧……？

女子微笑，從懷中掏出手巾。

「賽爾瑟烏斯大人，請用這個擦身體吧。」

「不、不好意思。」

她也知道賽爾瑟烏斯的名字。女子遞出手巾後，轉身面對臉呈空洞的怪物。

「你是受耀眼的神靈之氣吸引，才做出如此失態的事吧……侯佐？」

臉呈空洞的怪物聽了抓抓頭，似乎很難為情。我靠近那名女子。

「請、請問妳是？」

「抱歉，現在才報上名號。我叫烏諾波塔。冥王哈提艾斯大人有命，要我帶各位前往六道宮。」

「冥王哈提艾斯……？」

「關於詳細的情形，還請各位直接向冥王大人詢問。那麼，請跟我來吧。」

她說完就邁開腳步。我有些猶豫，看向聖哉。

「聖哉，怎麼辦？雖然我從她身上沒有感受到惡意……」

「本來應該先把訓練做過一輪，等升級後再說的，不過這樣一來，我們就得過好幾天才能去見那個冥王了。」

「我們不能讓不認識的人等那麼久啦！而且就各種層面來說，這樣事情也無法進展啊！」

「沒辦法了。我們就提高警覺，步步為營吧。」

我們跟在名為烏諾波塔的女子身後。我走著走著，發現視野變得清楚多了。

「奇怪？霧竟然散了……」

「冥界只有白天會起霧。」

「原來是這樣啊……」

可是，霧散去後，出現的是血紅色的天空。當我們走過灰色的石板路時，看似植物且不斷蠕動的生物、直立的巨大兔子，還有臉上只有一個眼睛的人都在從遠處看著我們……那些有如魔物的群眾望著我們，七嘴八舌地開口。

「那不是神嗎？」

「噢噢噢噢！是神靈之氣、神靈之氣！嘻嘻嘻嘻嘻！」

「啊啊，好想含在嘴裡吸看看喔……！」

——總、總覺得他們的話很驚悚耶！

我不禁害怕起來，抓住聖哉的衣服下襬。烏諾波塔回頭看我。

「請您放心，他們完全沒有敵意。冥界的人對神都抱有好感。」

「真、真的嗎？」

在這個異常的空間裡，烏諾波塔感覺是唯一的正常人。這時賽爾瑟烏斯靠近走在前頭的烏諾波塔，將剛才借用的手巾還給她。

「剛才謝謝妳了！真是幫了我大忙呢！」

他爽朗一笑，露出滿口白牙。

「不過，沒想到冥界竟然有像妳這樣迷人的小姐呢！」

啥！剛才明明還很害怕，現在卻開始把妹……這傢伙是怎麼搞的！

烏諾波塔聽了停下腳步，跟要帥模式的賽爾瑟烏斯面對面。只見她臉頰紅紅的，感覺似乎不討厭他這樣。怎、怎麼可能！這麼漂亮的女孩怎麼會喜歡賽爾瑟烏斯那種貨色！

但到了下一秒……

「嗚嘔！」

烏諾波塔發出粗野的聲音，從嘴裡吐出大量的紅色液體，把賽爾瑟烏斯的臉染成一片鮮紅！

「！啊噫啊啊啊啊啊啊啊啊啊啊啊！」

「抱、抱歉！」

賽爾瑟烏斯慘叫！烏諾波塔道歉！

「其實我有吐血的習慣……」

「呃，這能說是『習慣』嗎！妳不要緊吧！」

被嚇到的我追問烏諾波塔。她擦擦嘴邊的血，回以優雅的微笑。

「不要緊，我身上每個器官都很健康。」

明明身體健康卻吐血？真是莫名其妙！

「嗚嗚，淋完口水後換血嗎……」

賽爾瑟烏斯又借了手巾擦臉，一副快哭的表情。烏諾波塔一臉陶醉地看著他。

「呵呵呵呵呵……ＨＰ多到滿出來了……」

「咦！烏諾波塔小姐，妳剛剛說了什麼？」

「沒、沒有，我什麼也沒說！好了，莉絲妲黛大人，我們快去覲見冥王大人吧！」

烏諾波塔似乎想掩飾尷尬，突然加快了腳步。我偷偷對聖哉耳語。

「吶、吶，果然還是很可疑吧？」

「的確相當可疑，不過目前受害者只有賽爾瑟烏斯，接下來就繼續讓他當砲灰，順便觀察情況吧。」

「說得也是。」

「！喂，我都有聽到喔！」

我們照例無視賽爾瑟烏斯，繼續跟在烏諾波塔後面。過了不久後，在血紅的天空下，一棟看起來是用黑曜石建造的巨大建築物出現在眼前。

「這裡就是冥王哈提艾斯大人所住的六道宮。」

那副外觀讓我聯想到巨大的墳墓，不禁打了個冷顫。聖哉停下腳步看了好一會兒後，才下定決心從身體像用水晶做成的門口守衛旁通過。

宮殿裡的照明倚賴靠魔光石發出光的燈，意外的很明亮。我們隨著烏諾波塔走過通道。通道兩旁陳列著從未看過的裝飾品、雕刻，以及奇妙生物的標本等等，雖然氣氛很陰森，但至少不像外面那樣有奇形怪狀的居民出沒。

烏諾波塔在一扇巨大的雙開門前停下腳步，看來那個什麼冥王哈提艾斯一定就在裡頭。

——總覺得好像要跟魔王對決一樣……

我還沒做好心理準備，烏諾波塔就打開了門。

在灰色的地毯盡頭，有個看似用動物的骨頭做成的王座。冥王坐在王座上，散發出的氣勢確實酷似異世界的魔王。

「……上前來吧。」

雖然音調有點高，聲音卻富有震撼力。我們跟在烏諾波塔身後，戰戰兢兢地往前走。

「朕乃冥王哈提艾斯，為旁觀世界之人。」

等靠近一看，我才發現在冥王掛著珠簾的頭冠底下，是張蒼白到像塗了白粉的臉。冥王看了看我和賽爾瑟烏斯後，一臉滿足地點點頭。

「很高興你們來了，滅亡的神界的生還者──治癒的女神莉絲妲黛和劍神賽爾瑟烏斯啊。」

──咦！滅、滅亡……？他剛才說了什麼！

第六章　胎動

冥王哈提艾斯的衝擊性發言，讓我忍不住扯起嗓子追問。

「神、神、神界滅亡了？這話是什麼意思！」

「足以媲美創造神的強大暴虐之力扭曲了所有大千世界。因為神界是爆炸的中心，所以眾神也跟著消失了。」

——怎、怎麼會這樣……！

「當然，冥界這裡也多少受了波及。原本冥界是絕對無法從外面侵入的，不過，由於神界和冥界兩邊的空間扭曲，你們現在也可以踏進這裡了。」

冥界之王是不是也跟伊希絲妲大人一樣有千里眼呢？聽他說得這麼有條不紊，簡直就像看透了一切似的。我正感到錯愕時，身旁的賽爾瑟烏斯氣得直跺腳。

「可惡！那賽爾瑟烏斯咖啡座不是也沒了嗎！」

「笨蛋！擔心那個幹嘛！阿麗雅、伊希絲妲大人和雅黛涅拉大人……大家全都消失了啊！」

「對、對喔……說得也是。嗚嗚……我們接下來該怎麼辦啊……！」

賽爾瑟烏斯抱著頭陷入沮喪，聖哉把手放上他的肩。

「賽爾瑟烏斯，咖啡座的事你就別放在心上了。」

「聖、聖哉先生，難道你這是在安慰我嗎……？」

「反正那種店即使放著不管，遲早也會倒的。」

「！拜託不要在傷口上灑鹽好嗎！」

賽爾瑟烏斯開始哭哭啼啼，但我現在沒心情管他。神界毀了，我同時失去深愛的眾神和故鄉。

——阿麗雅……！伊希絲妲大人……！

面對這絕望的狀況，我和賽爾瑟烏斯的內心都無比動搖。即使在這種時候，聖哉仍舊一派冷靜。

「莉絲妲，剛認識的人所說的話，不要照單全收。」

「龍、龍宮院大人！在能綜觀大千世界的冥王大人面前，請勿口出如此狂言！」

聖哉突然出言不遜，讓烏諾波塔慌張起來，但聖哉還是指著我和賽爾瑟烏斯，用嚴厲的眼神看向冥王。

「我聽說在神界有『靈魂的保管庫』。如果神界真的滅亡，那他們應該也會消失不見吧？」

啊……！對喔……！他這麼說的確有道理！

從自稱是冥界之王的人口中得知神界滅亡後，我和賽爾瑟烏斯馬上對此深信不疑，但聖哉的話讓我恍然回神，情緒稍微恢復冷靜。

面對聖哉的質問，冥王露出意味深長的笑容。

「朕那麼說似乎有語病呢。雖然神界確實因暴虐之力而歪曲消失，不過正確來說，神界仍『存在於跟我們所在的次元不同的次元』。由於靈魂的保管庫也在別的次元，所以你們才沒有消失。」

——存在於異次元？雖然不是很懂，不過這代表……

「那麼，如果把這個歪曲修復，神界就能恢復原狀了嗎？」

我看到一絲微小的希望，忍不住大喊。冥王輕輕點頭。

「要讓包含神界在內的所有大千世界恢復原狀，方法其實簡單明瞭，那就是打倒暴虐之神梅爾賽斯。」

「那、那梅爾賽斯現在人在哪裡！」

冥王靜靜閉上眼睛後開口。

「她在異世界奇爾索沙——不，現在應該叫『扭曲奇爾索沙』才對。梅爾賽斯正在那個世界稱王。」

「扭曲奇爾索沙！只要去那個異世界打倒梅爾賽斯就可以了！」

這樣一來，阿麗雅和伊希絲妲大人也能復活了！

「不過，要前往扭曲奇爾索沙並不容易。原本能讓你們眾神自由進出異世界的神門，現在也因為歪曲而無法正常運作。」

「啊……！」

正如冥王所言，現在我叫出的門只能往返蓋亞布蘭德和冥界！這樣別說是打倒梅爾賽斯，連要去異世界奇爾索沙都辦不到！

「什、什麼嘛，結果神界還是無法恢復原狀嗎……」

賽爾瑟烏斯用苦悶的語氣喃喃自語，冥王聽了淡淡一笑。

「有個方法能去扭曲奇爾索沙，不過極為困難就是了。」

「那、那方法是什麼！」

「就是把三個難度S以上的扭曲世界恢復原狀。這樣應該能減緩大千世界的歪曲，進而開啟通往扭曲奇爾索沙的神門。救世難度高就代表這世界在次元間實屬重要……是掌握全世界命運的關鍵。」

「把三個難度S以上的扭曲世界……恢復原狀……？」

「第一個是救世難度S＋的扭曲蓋亞布蘭德，第二個是難度SS＋的扭曲伊克斯佛利亞，最後則是通往難度SSS的扭曲嘉爾瓦歐斯的門。如果是跟你們結過緣的世界，就算再怎麼扭曲，也能勉強用神門連接。」

伊、伊克斯佛利亞也扭曲了嗎！可是……

「剛才我即使打開門，也去不了伊克斯佛利亞啊……」

「現在神門能連接的，只有其中難度最低的蓋亞布蘭德。你們先去拯救蓋亞布蘭德，打開通往扭曲伊克斯佛利亞的門，接著再如法炮製，就能打開通往扭曲嘉爾瓦歐斯的門。」

「原、原來如此！」

咦？可是第三個名叫嘉爾瓦歐斯的異世界，我怎麼從來沒聽過……？

我不經意地看向冥王，發現他將視線投向了賽爾瑟烏斯。接著，冥王用身旁的手杖指向賽爾瑟烏斯。

「劍神賽爾瑟烏斯，嘉爾瓦歐斯是跟你結緣的世界。」

「咦！我、我嗎！」

「等扭曲伊克斯佛利亞拯救完畢後，你就能打開通往你前世居住的世界──嘉爾瓦歐斯的門了。」

「我……還是人類時的世界……！」

雖然我很驚訝，但賽爾瑟烏斯的表情比我更吃驚。冥王繼續說：

「劍神賽爾瑟烏斯和治癒的女神莉絲妲黛，這就是你們能得救的原因。說得極端一點，就是因為你們不太有神的樣子。」

「「咦咦咦咦咦咦……！」」

我們以為他在貶低我們，一時說不出話來。不過，冥王似乎不是那個意思。

「你們原本是人類。正因為你們不是在神界出生，並非純粹的神，所以才不會被歪曲吞噬。」

喔喔，原來如此！是這個意思啊！幸好他不是看不起我們！

聽完冥王哈提艾斯的這番話後，我的心情也稍微開朗了點。

「雖然這條路十分漫長，但至少有了希望！總之，先去拯救扭曲蓋亞布蘭德吧！」

但賽爾瑟烏斯依舊一臉困惑。

「呃，話說回來，扭曲世界到底是什麼啊？」

「……應該跟死皇戰那時的感覺差不多吧？」

聖哉喃喃回答。在伊克斯佛利亞的死皇戰中，死皇曾利用梅爾賽斯的力量，重現了「衝動聖哉順利打倒魔王後的世界」。

「簡單來說，那次是為了這時候做的事前準備吧？那傢伙還真是面面俱到。」

聽聖哉用面面俱到形容別人感覺有點奇怪……不過他說得沒錯，那的確是第一個扭曲世界。梅爾賽斯在伊克斯佛利亞時，就已經在為毀滅神界做準備了。

冥王點頭贊同聖哉的話。

「在數量多過繁星的平行世界中，存在著連時間軸都扭曲的世界──那就是所謂的『扭曲世界』。扭曲世界應該都扭曲成對梅爾賽斯有利的狀態了吧。」

我還有一件事很在意，忍不住喃喃自語般地開口。

「所以說，這跟神域的勇者會用狀態狂戰士‧第四階段也有關係嗎……」

「她原本是梅爾賽斯負責的勇者。」

「是、是她負責的？原來是這樣嗎！」

竟然連這種事都知道，看來冥王哈提艾斯的千里眼可能還勝過伊希絲妲大人。

「那個人本來是不存在的，因為神域的勇者的靈魂早已粉碎消失。」

啊，阿麗雅也在競技場說過同樣的話！

「但梅爾賽斯用暴虐之力，從『神域的勇者還存在的扭曲世界』把她帶來了。」

也就是說，梅爾賽斯是從「神域的勇者還活著，並且向傑特學了第四階段的世界」把她帶來的嗎！總、總覺得好複雜喔，腦袋都快打結了！

我偷瞄聖哉一眼，發現他眉頭緊皺。

「就算扭曲世界有成千上萬個好了，人類真的能習得狂戰士化的第四階段嗎？戰神傑特曾說，人類連第三階段都不可能達到。實際上，我也相當了解狀態狂戰士有多危險。」

「龍宮院聖哉，你的確擁有出色的才能，但神域的勇者可是超脫一切常軌的絕世天才。如果你是『一億人中才有一個的奇才』，那神域的勇者就是『一億年才會出一個的豪傑』了吧。」

「！一億年才出一個？意思就是她的能力超越聖哉嗎！」

「神域的勇者是自神界開闢以來最強的勇者。不好意思，這兩人根本無從比較。」

真的假的！梅爾賽斯竟然跟那種怪物一起嗎！

「然而，即使她有那種程度的才能，在原本的世界裡，當她將狂戰士提高三個階段以上後，靈魂還是崩壞了。」

冥王用銳利的細長鳳眼仰望挑高的天花板。

「朕也不是不能理解梅爾賽斯遺憾的心情。就某種層面來看，她會恨神界也是理所當然的。而且那股怨念，應該就是讓暴虐之神真正的力量覺醒的關鍵。可怕的是，她竟然能從上億個、上兆個……不，應該說是不計其數的扭曲世界中，找出那個『神域的勇者在狂戰士化後還活著』的世界。這份執著實在駭人。」

冥王將視線移回我們身上，咧嘴一笑。

「那個跟梅爾賽斯在一起的神域的勇者，雖然有人類的外表，靈魂卻已被混沌的靈氣侵蝕殆盡，早就不是人類了。」

嗚嗚……光要打倒梅爾賽斯就難如登天了，難道連那種怪物也得打嗎？

在不安的驅使下，我走到聖哉身旁，抬頭仰望他。他一如往常地用撲克臉注視著冥王。

「嗯，那麼，假設你剛才的長篇大論都是真的好了……」

！冥王講了這麼一大串，結果這個人還是不相信嗎？

我對聖哉疑心病重的個性感到吃驚。聖哉以此為前提質問冥王。

「首先，所謂的『讓扭曲世界恢復原狀』，具體來說要怎麼做？」

「就是破壞那個世界扭曲的原因，使其恢復正常。」

聽到「扭曲的原因」，我立刻想起龍人當時的話。

「對、對了，扭曲蓋亞布蘭德的龍人有說過，打倒魔王的人不是聖哉，而是神龍王！」

「所謂的扭曲就類似災厄。簡單來說，你們就照以前一樣，把支配那個世界的萬惡之源剷除即可。」

「也、也就是說，只要打倒神龍王，蓋亞布蘭德就能恢復原狀了……！」

我們已經知道該做什麼，目標也確定了，但聖哉依然用懷疑的眼神看著冥王。

「話說回來，你為什麼這麼幫我們？」

「包括朕在內的所有冥界居民，都需要神界的神的力量，所以朕非常盼望神界能恢復原狀。」

烏諾波塔也說受了我們照顧，那到底是什麼意思呢？

「請問……冥界和神界到底是什麼關係？」

「應該算——供需關係吧。」

「是、是喔……」

我聽不太懂，本來想再繼續追問，但比起這個，聖哉更想問關於攻略扭曲世界的事。

「順便問一下，要是殺了扭曲世界的人或魔物會怎樣？恢復原狀時會有影響嗎？」

「不管是死了還是被殺了，等扭曲世界恢復原狀後都會復活——不，應該說，這些事都等於沒發生過。」

「哦，這樣啊。如果是真的話，就能放心地大開殺戒了。」

怎、怎麼好像恐怖分子的發言啊……！不過這一點想必很重要吧！

「你們將會踏上難上加難，困難重重的旅程。但是，如果不先拯救扭曲蓋亞布蘭德，就無法去扭曲奇爾索沙討伐梅爾賽斯，讓神界恢復原狀了。」

冥王緩緩地從王座上起身。

「來吧，讓朕見識見識！因神運而殘存的兩位神和勇者到底能在扭曲的世界裡掙扎到什麼程度！在面對梅爾賽斯的暴虐之力時，究竟能與之對抗到什麼地步！」

冥王哈提艾斯高高舉起有著銳利爪子的手，宛若那是開始攻略扭曲蓋亞布蘭德的號令。

不過……

「我拒絕。」

我的勇者毫不客氣地這麼說。

「聖、聖哉！」

「一點準備都沒有，就叫我們去那種扭曲的異世界?誰會去啊。」

啊！總覺得這句話有點懷念呢！

「現在我的等級回到了初始狀態，而且除了破壞術式的基礎和發動狀態狂戰士的方法還記得外，其他的特技全消失了。」

「不、不過還是能狂戰士化啊！這樣不就好了嗎！」

聽到刻在靈魂上的破壞術式和狂戰士化還留著，我很高興，但聖哉露出了險峻的表情。

「妳在胡說什麼？現在的攻擊力這麼低，就算變成兩三倍也毫無意義。不從根本提升等級的話，什麼都別提了。」

「那要怎麼做才好？」

聖哉沉默片刻後說：

「今後我要把冥界當成攻略扭曲世界的據點。」

「！真的嗎！你要拿這種地方當據點嗎！」

聖哉的話讓我驚訝得大叫！冥王一聽，眉頭抽動了一下。

「『這種地方』是什麼意思？」

「不、不，抱歉！我的意思是『這種好地方』啦！喔呵呵呵呵！」

糟糕！可不能失言啊！

「我們的最終目的是打倒梅爾賽斯，讓神界恢復原狀吧？但梅爾賽斯擁有足以毀滅神界的力量，而她的勇者也強大無比，如果要對抗那種異於常人的敵人，我們也得用異於常規的方法才行。換句話說……」

聖哉的眼神變得尖銳。

「我要在冥界裡找出那種可能性。不，是非找到不可。」

冥王發出「呵呵呵」的笑聲。

「比起扭曲蓋亞布蘭德的攻略，你已經直接放眼於跟梅爾賽斯的最終決戰了嗎？真是深謀遠慮，這種性格正是你的優點。」

嗚哇！他連聖哉的性格都看透了嗎？

「冥界時間的流動速度跟地上相比如何？」

「這裡是以神界為基準，跟異世界的時差也是百分之一。」

「那就能放心地待在這裡了。」

「呵呵呵，人類和神在冥界生活嗎？雖然前所未聞，不過倒挺有趣的。」

冥王笑了，但我卻擔心得要命。等、等一下！真的要在冥界生活嗎！這裡絕不是像神界那樣能安心生活的地方啊！

我的預感馬上成真。冥王看向我和賽爾瑟烏斯。

「不過對神來說，要在這裡生活並不容易。依情況不同，有時必須承受生不如死的屈辱。」

「屈、屈辱！」

「喂喂！那是什麼意思！」

雖然我和賽爾瑟烏斯臉色大變……

「沒差，反正跟我無關。」

「「！不，給我等一下———！」」

聖哉不假思索地回答，讓我們同時慘叫起來。原本始終佇立一旁，保持沉默的烏諾波塔一聽，臉頰立刻染上緋紅。

「神要滯留在冥界……！呵呵呵呵……！太棒了……噢噢，實在是太棒了……！」

烏諾波塔一臉愉悅地喃喃自語，還舔了舔自己的嘴唇。

——噫！這到底是怎麼回事啊！

……冥界——讓我和賽爾瑟烏斯提心吊膽的詭異世界。得知聖哉要把這裡當成據點，開始攻略異世界後，我心中滿是不安與恐懼。

第七章　新的修練

走出六道宮後，在依然是紅色的天空下，冥界居民在鋪滿石頭的道路上來來往往。剛來的時候，我只注意到他們異常的外表，現在往四周仔細地看了看，才發現隨處可見用磚瓦或石材建造，外觀缺乏一致性的民宅。其中也有掛著招牌的店家，招牌上的字類似象形文字，我不知道那要怎麼唸。

「以後都要住這裡嗎？好討厭喔，真令人不安……」

賽爾瑟烏斯邊說邊唉聲嘆氣，聖哉對他投以冷淡的視線。

「以後你要單獨行動也行。」

「你、你怎麼這麼說啊！」

「可是聖哉，要是賽爾瑟烏斯不在，我們就不能去異世界嘉爾瓦歐斯了啊！」

「別這樣啦，不要把我一個人丟在這個陰森的地方啊！求求你們！」

「明明是劍神，竟然這麼沒用。」

聖哉說得沒錯，賽爾瑟烏斯的確是沒用到極點的沒用。不過，在攻略扭曲蓋亞布蘭德和扭曲伊克斯佛利亞之後，就得攻略賽爾瑟烏斯當人類時住的嘉爾瓦歐斯了。雖然那也是很久以後的事……

「話說，我們之前也稍微討論過，真不知道賽爾瑟烏斯前世當人類時有多愚蠢呢。」

「！怎麼以愚蠢為前提啊！剛才冥王也說嘉爾瓦歐斯是個難度超高的世界吧！」

「那又怎樣？」

「也就是說，我是克服了那種艱苦的環境才存活下來的！所以我很確定，我前世一定是個名震天下的武將！」

「你覺得呢，聖哉？」

「就算真的是武將，大概也是被箭射中屁股而死的吧。」

「嗯，有道理。」

「有道理個頭啦！這武將的下場也太悲慘了吧！」

賽爾瑟烏斯大叫，聖哉則搖搖頭。

「總之，現在沒時間聊這種無聊的話題。」

「那聖哉，你是要開始訓練了吧！」

「不，首先得找到睡覺的地方和吃的。」

對喔！這裡是人生地不熟的冥界！得先設法張羅食衣住行才行！

「不好意思……」

我聽到背後傳來女性的聲音，回頭查看。大概是一直在旁聽我們的對話吧，只見烏諾波塔小心翼翼地開口。

「不嫌棄的話，各位可以來我家借住。」

「咦咦，真的可以嗎！」

「當然可以。請跟我來吧。」

「謝謝妳啊，小烏諾！」

——雖然她在六道宮時樣子有點怪……但她果然還是冥界裡相對正常的人！

聖哉大概也這麼想，所以沒多問什麼，乖乖地跟在烏諾波塔後面。

當我們走在路上時，四周有很多詭異的冥界居民在竊竊私語——其中包括沒有頭的人、高達十公尺的巨人、像果凍一樣晃動的人型史萊姆等等。跟那些民眾一比，烏諾波塔即使會吐血，還是顯得正常多了。除此之外……

「嗚嘿嘿嘿神耶，是神耶……」

「噢噢噢噢噢噢噢噢！我感覺到神靈之氣啦啊啊啊啊！」

本來有好幾個居民想對我們動手動腳，但只要烏諾波塔一舉起手，他們就立刻作罷。第一次見到烏諾波塔時，她曾說自己是受冥王之命來找我們，由此可知她應該深受冥王信賴，所以其他居民才會像這樣恭敬待她。

從冥王的宮殿走了十幾分鐘後，我們走出市街，來到郊外。這一帶幾乎看不到冥界居民，放眼望去盡是田園風光。即使天空仍是血紅，生長的植物也是陌生的品種，但至少還算是祥和的景色。

「已經快到了，那裡就是我家。」

烏諾波塔指向一棟孤零零地矗立在遠處的大房子。屋外有藤蔓纏繞，彷彿古老的洋館。

——總、總覺得好像德古拉會住的房子……

「真是陰森的房子。」

「等、等一下，聖哉！」

就算心裡這麼想，也不要真的說出口啊！

我本想責備口無遮攔的聖哉，但烏諾波塔似乎不怎麼在意，還露出笑容。

「我和我哥哥一起住在這裡。」

「妳有哥哥？」

「是啊。啊，他人剛好在那裡……」

我們穿過生鏽的門後，烏諾波塔指向庭院。那裡有個男人正在幫花圃澆水。

「噢，烏諾，妳回來啦。」

男人看到烏諾波塔和我們，露出了爽朗的笑容。他頭髮很短，髮色跟烏諾波塔一樣偏紫，眉頭也嵌著一顆像寶石的東西。以人類來比喻的話，是個大約二十五到三十歲的好青年。

「你們是聖哉先生、莉絲妲黛小姐及賽爾瑟烏斯先生吧？我是烏諾波塔的哥哥杜艾波塔，叫我杜艾就好。」

杜艾臉上掛著朋友般的親切笑容，向我們伸出手。因為聖哉基於戒心不想碰他，我只好代他跟杜艾握手。

「你、你好！請多多指教！」

「莉絲妲黛小姐……」

杜艾目不轉睛地盯著我看，我不禁心跳加速。咦、咦！到底是怎麼了？

杜艾恍然回神，把手放開。

「呃，抱歉，我只是有點感動，畢竟一直受到你們許多照顧。」

「請問，所謂的照顧到底是──」

沒想到，當我感到疑惑，想問烏諾問題時，在那一瞬間……

「噢嘔！」

「嗚哇！怎麼又吐血了！」

即使口吐鮮血，烏諾仍從容不迫地用手擦拭嘴邊！

「真是不好意思，你們就當我在打噴嚏吧。」

「這、這我實在沒辦法……！打噴嚏跟吐血完全不一樣啊……！」

烏諾接著若無其事地對哥哥杜艾說：

「哥哥，莉絲妲黛大人一行人接下來得在冥界待上一陣子，所以我想把家裡的空房間借給他們住……」

「原來如此。這樣啊，照理來說必須進行交易才行，不過……」

「咦？交易？」

杜艾閉上眼睛思考片刻，又瞄了我們一眼後，露出開朗的表情。

「好啊，就一人一個房間吧。各位可以自由使用房間。」

咦？他不是說要交易嗎？怎麼就這樣答應了？難道……是臣服在我的魅力之下嗎！

從剛剛開始，杜艾看我的眼神就很熱切，或許這只是我想太多，但他是個陽光型帥哥，所以給我的感覺並不壞。不管怎樣，這對兄妹果然還是冥界裡最值得信任的人——正當我這麼想時……

「咳咻！」

「！噫！連她哥也吐血了！」

從爽朗的杜艾口中噴出霧狀的鮮血！

我和賽爾瑟烏斯瑟瑟發抖，杜艾卻氣定神閒地用袖口擦拭沾了血的嘴。

「哎呀，真是失禮了。瞧瞧我，怎麼說話說到吐血了呢，哈哈哈。」

雖、雖然講的好像打嗝一樣稀鬆平常……但這可是吐血耶！我開始覺得這兩個人也有問題了！

不過擦完血後，杜艾又恢復成原本的好青年模樣了。

「不嫌棄的話，要不要一起吃晚飯？雖然不知道合不合神和人類的胃口……」

「喔、喔喔……吃、吃飯嗎……」

「各位，我們走吧。這邊是廚房。」

這對兄妹帶我們來到長型的餐桌前。桌上放著點燃的燭台，有種奢華感。在桌子的正中央擺著大鍋子，鍋裡裝有燉煮過的湯汁，盤子上則擺著麵包。

「來，請各位盡情享用吧。」

看起來似乎是用麵包沾湯汁吃的料理。本來還擔心會出現冥界的鄉土料理之類的東西，不過如果是這種料理的話，應該能入口。

「聖哉！是麵包耶！看起來滿好吃的！」

聖哉往身旁的塞爾賽烏斯的肩膀戳了戳。

「賽爾瑟烏斯，你先吃。」

「咦咦——嗚……」

我看賽爾瑟烏斯很害怕，就偷偷對他耳語。

「你放心！我用鑑定技能調查過了！保證安全無害！」

「我、我可以相信妳吧？那、那我吃嘍。」

賽爾瑟烏斯用麵包沾了沾鍋中的濃稠液體，緩緩地放進口中。

「啊，真的耶！完全能吃！而且還很好吃！」

之後他大口大口地狂吃起來。我也試吃了一口，味道挺不錯的，感覺像起司火鍋。

聖哉明明跟我一樣有鑑定技能，卻還是一下聞味道，一下又把麵包切成小到誇張的碎片來試毒。當我們把盤子上的麵包掃光時，聖哉才終於放心地吃起來。

填飽肚子後，他不客氣地這麼說：

「很好，即使在安全和衛生上仍有疑慮，至少確保了最低限度的飲食和住所。」

「聖、聖哉！你怎麼在杜艾先生的面前說這種話啊！」

不過杜艾臉上笑咪咪的，聖哉也一副無所謂的樣子，從椅子上猛然起身。

「那我到外面去鍛鍊了，得先練到能單手絞殺龍人的程度才行。」

「咦！要、要從現在開始嗎？」

賽爾瑟烏斯明顯地露出不情願的表情。他大概是怕聖哉像以前一樣，叫他當練習對手吧。這時，烏諾剛好端續杯的水來，便提議說：

「今天就先回房休息，等明天再開始如何？」

「不行，我想盡快提升等級，最好能在近日內封頂。」

封、封頂！拜託……這次又沒有時間限制，而且還是難度S＋。雖然我不想在冥界久留，但還是希望聖哉能放慢步調好好做準備。

聖哉把視線投向賽爾瑟烏斯。看到賽爾瑟烏斯心不甘情不願的，他用埋怨的語氣說：

「用賽爾瑟烏斯當訓練的對手效率很差，我想找更派得上用場的人。」

賽爾瑟烏斯露出既像放心，又像傷心的微妙表情。聖哉問烏諾：

「冥界有很強的人嗎？」

「肉體強悍的人幾乎沒有，但擁有奇妙技能的人倒是很多。」

「哦。」

聖哉眼睛一亮。

「聖、聖哉！你過來一下！」

我把聖哉叫過來，用烏諾和杜艾聽不見的音量對他耳語。

「難道你想叫冥界的人教你技能嗎！他們可不是神界的神喔！這樣不會危險嗎？」

「直接衝去扭曲世界才危險吧？而且見冥王時我也說過，為了將來著想，我得在冥界找到能對抗梅爾賽斯及她的勇者的方法。」

「或、或許是這樣沒錯，可是……」

聖哉把視線從我身上移向烏諾和杜艾。

「順便問一下，你們兄妹有沒有什麼特技？」

兩兄妹聽了後互看了對方一眼，微微一笑。烏諾對聖哉鞠躬，用柔和的眼神看向他。

「我們的技能對聖哉大人來說，已經不需要了。」

「這樣啊。」

烏諾和杜艾都沒說那是什麼技能，但聖哉也沒追問下去。既然本人都說不需要了，那可能是不適合戰鬥的技能吧。

「這樣吧，聖哉大人，我有個提議……不如先讓賽爾瑟烏斯大人和莉絲妲黛大人學會冥界的技能吧。」

「「咦咦咦！」」

這個提議非常突然，把我和賽爾瑟烏斯都嚇了一跳！矛頭怎麼突然轉向我們了！

聖哉點點頭，用喃喃自語的語氣說：

「說得也是，先用神的不死之身來觀察狀況……」

「！原來我們是白老鼠嗎！」

我和賽爾瑟烏斯都驚慌失措，烏諾和杜艾卻放著我們不管，繼續討論。

「哥，你覺得三號街的修魯．魯修如何？」

「喔喔，如果是修魯．魯修，應該能讓神的力量大幅提升吧。」

「喂、喂，那該不會有著相當於執行神界特別處置法的效果吧？」

賽爾瑟烏斯戰戰兢兢地問杜艾。神界消失後，神界特別處置法就無法執行。萬一情況危急時，我不但無法完全解放原本的治癒之力，也不能張開背上的翅膀，當然賽爾瑟烏斯也一樣。

「賽爾瑟烏斯大人所說的，應該是『解放受到限制的神力』吧。修魯．魯修的技能跟那個有點不同，說是『引出賽爾瑟烏斯大人和莉絲妲黛大人潛在的力量』或許比較正確吧。」

「我們潛在的力量……？」

「對，只要學會修魯．魯修的技能，引出潛在的能力，應該就能將現在的能力值提高好幾倍。」

「真、真的嗎！」

賽爾瑟烏斯面露一絲喜色，我也不禁興奮起來。

「感覺像神版的狀態狂戰士呢！可、可是那樣不會有危險嗎？」

狀態狂戰士的階段要是升得太高，精神就會崩壞。我不免擔心起能力提升後的代價。

「雖然外觀上多少會有變化，但對精神和肉體完全無害，至少在冥界裡是這樣沒錯。」

「在、在冥界裡？什麼意思？」

「冥界裡有冥王大人的特殊力量在運作。如果在下界使用這技能，就會有力量失控的風險，所以最好別用為妙，不過在這裡就沒問題。」

「哦——簡單來說，就是只限在冥界時才能變強嘍？」

「沒錯。雖然這方法有點迂迴，但只要賽爾瑟烏斯大人和莉絲妲黛大人的能力值提升，或許就足以擔任聖哉大人的練習對手。就結果而論，聖哉大人修練的速度也會加快。」

聖哉思考了片刻後，指向我和賽爾瑟烏斯。

「我懂妳的意思，不過妳對這兩個傢伙的能力的評價太高了。0再怎麼加倍也終究是0。」

「竟、竟然說是0……！」

我有些難過，但烏諾對聖哉回以溫柔的微笑。

「不管是什麼樣的人，能力值都不可能是0的。說得不客氣一點，就算莉絲妲黛大人和賽爾瑟烏斯大人的能力值只有1，只要學會修魯．魯修的技能，也能變成10。」

「意思是十、十倍嗎！」

好厲害！還超過狀態狂戰士呢！

但聖哉依舊搖頭。

「說1還嫌多了。這些傢伙大概只有0．1吧。」

「就算是這樣，只要學會魯修．修魯的技能，也能變成1。」

「如果是0．01呢？」

「就會變成0．1。」

「！我說，別再用小數點計算了好嗎！」

我忍不住大吼。一般在比較能力時，應該不會用到小數點吧！我和賽爾瑟烏斯再怎麼說也沒那麼差吧！

「那就馬上去找那個人吧。」

「好的，就由我來帶路。」

烏諾對她哥哥點了下頭，打頭陣往前走。我向杜艾表達對晚餐的謝意後，也跟在烏諾和聖哉的後面。

走出烏諾家後，原本紅色的天空變成灰色。雖然看不到星星和月亮，但四周有朦朧的光線，能勉強看到前方。現在似乎是冥界的夜晚。

我們和烏諾一起朝跟冥王的六道宮相反的方向走。走了一段時間後，我們越過木造的大橋，來到看似村落的地方。這裡處處掛著燈籠，將一間又一間的瓦房照得通亮。那些房子的大門、牆壁和柱子都漆上了紅色和黃色的塗料。以聖哉的世界來說，這裡應該接近中式的風格吧？

我們一邊前進，一邊四處張望。如果晚上突然出現陰森的冥界居民，我應該會尖叫吧。幸好，這附近連半個人影都沒有。

「……我們到了。修魯．魯修就住在這裡。」

烏諾停下腳步。前方的房子雖然也是瓦房，外觀卻比其他瓦房破舊，看起來像沒人住的鬼屋。

我們打開嘰嘰作響的木門，屋內一片漆黑。

「修魯．魯修在嗎？我是烏諾波塔。」

烏諾往屋裡喊，但是沒人回應。當我還在想對方是不是不在家時，突然聽到砰的一聲。

……啪噠啪噠啪噠啪噠。有人隨著奇怪的聲音從黑暗中現身，害我心臟差點停止！

——這、這個人是怎麼回事！

那是個採倒立姿勢，長髮垂到地面的女人。她望向我們，咧嘴獰笑，並迅速移動撐在地上的手，啪噠啪噠啪噠地朝我們逼近！

「嗚喔！」

「嘎啊！」

我忍不住和賽爾瑟烏斯一起慘叫！她骨碌碌的大眼睛往上一翻，盯著我們看！

「她就是修魯．魯修。」

雖然烏諾帶著笑容，我卻嚇到差點尿褲子。為、為、為什麼這個女人要倒立啊！

「修魯．魯修，我想請妳將妳的技能，傳授給賽爾瑟烏斯大人和莉絲妲黛大人這兩位神。」

「……既然烏諾波塔都開口了，我也不是不能答應嘎。」

她維持倒立的姿勢，口齒不清地回答，然後將掛在腰上的酒壺拿到嘴邊，把頭一偏，靈活地喝起酒來。我硬著頭皮發問。

「請、請問，為什麼您要一直倒立呢？」

修魯．魯修張開充滿酒臭味的嘴，發出刺耳的笑聲。

「嘰咯咯咯咯！萬物都是一體兩面！倒立才是真理！表裏一體正是冥界的樣貌啊嘎！」

「啊，是喔！是這樣啊！我懂了！」

雖然嘴上這麼說，但我其實完全不懂她的意思，只是因為害怕而姑且認同。聖哉把我推向前。

「那麼，妳的技能具體來說是什麼樣的技能？」

「就是把那個人擁有的性質暫時反轉嘎。神如果變成魔神，能力值也會三級跳喔嘎。」

「「魔、魔、魔神！」」

我和賽爾瑟烏斯大叫！等、等一下！我根本沒聽過會這樣啊！

修魯・魯修以嘴就壺喝了口酒後，咧嘴一笑。

「好吧，我會教你們，但要進行交易嘎。把你們的ＨＰ統統交出來吧嘎。」

一直倒立著的冥界居民修魯．魯修露出了詭異的笑。

「如果對冥界的人有所求，就得進行交易嘎，這是冥界的規矩嘎。」

我正感到困惑時，烏諾插嘴解釋。

「莉絲妲黛大人，交易時需要的東西——就是『ＨＰ』。」

「呃，也就是說，那個……是需要『體力』的意思嗎？」

「不，ＨＰ在冥界有著不同的含意。從結論上來說，就是要請您現在開始受辱。」

「！咦咦咦咦咦咦咦咦咦咦咦！原來冥王說的承受屈辱就是指交易嗎！」

烏諾一本正經地點頭。修魯．魯修提高嗓門說：

「來，別浪費時間了嘎！快開始吧嘎！」

所、所謂的受辱，難道是要做什麼很色的事嗎！

「把雙手高高舉起嘎！」

我害怕得無法照做。聖哉對不安的我說：

「莉絲妲，這都是為了拯救神界。」

「嗚嗚……」

他都這麼說了，我也不得不做。反、反正修魯．魯修都在倒立，無法使用雙手，應該也沒辦法對我亂來吧？

我戰戰兢兢地將雙手高舉，修魯．魯修就立刻大叫。

「倒立（Reverse）！」

畫面一轉，上下瞬間互調！等回過神時，眼前竟是修魯．魯修獰笑的臉！周圍的世界全部顛倒過來……不，是我倒立了嗎！

「等、等一下，妳到底要幹嘛啊！」

雖然被強制倒立讓我心生動搖，不過……這、這就是受辱嗎？這種程度應該還好吧……滑。

因為倒立，我的裙子滑落腰際，大腿變得涼颼颼的。即使看不到，我還是很確定，現在的我正處於內褲完全走光的狀態。

「！別看啊啊啊啊啊啊啊啊啊啊啊！」

想到內褲被聖哉和賽爾瑟烏斯看光光，讓我感到無比羞恥，忍不住大叫！我想恢復原本的站姿，身體卻動彈不得，看來這應該是修魯．魯修的技能。

修魯．魯修和烏諾看著六神無主的我，露出陶醉的表情。

「噢噢，心情超讚的嘎……！」

「體內充滿了ＨＰ……真是無上的歡愉啊……！」

「這、這到底是怎麼回事！」

我以倒立的姿勢看向聖哉，聖哉則像心領神會般不停點頭。

「原來如此。這些傢伙看了神的醜態後，好像會得到能量。」

「看、看我羞恥的樣子嗎！」

隔了幾秒後，烏諾用鄭重其事的語氣說：

「您說得沒錯，ＨＰ就是『羞恥點數（Hazukasimi Point）』的縮寫。」

「！羞恥……不，那是什麼鬼啊！」

為什麼我覺得羞恥，冥界人就會得到能量啊！真是莫名其妙！

這時我忽然發現，賽爾瑟烏斯正在一旁滿臉賊笑地看著我。

「你在看哪啊！」

「咦，不，我沒看，沒看沒看，我完全沒看到白色的小褲褲。」

「你這傢伙！根本有在看嘛！」

我一吼，修魯．魯修就蹦蹦跳跳地靠近賽爾瑟烏斯……

「倒立！」

強迫賽爾瑟烏斯也倒立。

「我、我、我、我也要嗎！」

「接下來你們要照我說的去做嘎！」

還、還要繼續受辱嗎！

我和賽爾瑟烏斯都膽戰心驚……

「你們要在這個狀態下，連續喊出二十個正著唸倒著唸都相同的詞語嘎。」

「等、等一下，為什麼我非得在內褲走光的情況下玩文字遊戲啊！」

「如果妳做不到，交易就不成立嘎。」

聖哉假咳一聲，用銳利的眼神看我，似乎在說「快做」。

嗚嗚！雖然討厭得要死……但為了讓神界恢復原狀，還是得設法努力才行！

「那就……呃……『番茄（to-ma-to）』！」

「好，接下來換你了嘎。」

「……『小黃瓜（kyu-u-ri）』。」

「不行，重頭來嘎。」

我對賽爾瑟烏斯說出小黃瓜一事感到錯愕。

「你到底在幹嘛！」

「抱、抱歉，我被蔬菜牽著走，倒立後頭腦就不靈光了……」

的確，血液逐漸逆流到頭部，好痛苦喔……而且搭檔還是蠢蛋！不過要忍耐、忍耐，莉絲妲黛！妳要努力拯救神界啊！

「呃……『媽媽（ma-ma）』。」

「唔……『爸爸（pa-pa）』。」

「『第一名（i-chi-i）』！」

「……山、『山本山（yama-moto-yama）』？」

「倒過來就變成『maya-tomo-maya』了嘎，重來。」

！不，這傢伙真是蠢斃了啊！

我感到心力交瘁，向身旁的聖哉開口。

「吶、吶，聖哉，你不加入嗎？」

「要我加入當然也可以，不過——」

「神的ＨＰ比人類豐富嘎。」

「……就是這樣。很遺憾。」

嗚！為什麼只有我們得做這種自虐型搞笑藝人才做的事啊！

我的情緒已經超越羞恥，變成懊惱與憤怒。聖哉從我的頭上說：

「撐下去，莉絲妲，我會為妳加油的。」

「咦……」

怎、怎麼可能！聖哉竟然會幫我打氣！

「好、好吧！我會繼續努力！」

內褲走光加上腦部充血，情況非常惡劣。即使如此，我仍在聖哉的鼓勵下打起精神，繼續和賽爾瑟烏斯輪流講答案。

「『蔬果店（ya-o-ya）』！」

「『岩漿（ma-gu-ma）』。」

「『南方（mi-na-mi）』！」

「『竹輪（chi-ku-wa）』……啊，莉絲妲，對不起……」

「！你給我差不多一點！」

都怪賽爾瑟烏斯不時答錯扯後腿，讓我們遲遲沒有進展。這時，烏諾向我搭話。

「莉絲妲黛大人，您的ＨＰ是不是減了很多？」

「唔、嗯，這我不知道。羞恥點數是增是減，我根本感覺不出來。」

「啊，不，我現在說的ＨＰ是指體力的ＨＰ。我想您應該累了吧？」

「！真是的，害我都搞混了啦！體力當然會減啊！畢竟一直在倒立嘛！」

「果、果然累了呢……修魯．魯修，休息一下吧。」

「真拿你們沒辦法嘎，只能休息十分鐘喔嘎。」

呼！太好了！可以休息一下了！

我才剛這麼想，聖哉就對修魯．魯修說：

「不，太浪費時間了，就這樣繼續下去。」

「「怎、怎麼這樣啊！」」

我和賽爾瑟烏斯一起大叫，聖哉則用漠然的眼神看向我們。

「我會幫你們加油的。」

！現、現在我懂了！這傢伙的加油不是加油，而是「名為加油的虐待」啊！

結果我們沒有休息，就這樣繼續下去……十五分鐘後，我和賽爾瑟烏斯才好不容易接力說完二十個正著唸倒過來唸都一樣的詞語。但我卻毫無成就感，還因為又失去了一個身為女神的重要事物而感到悲哀。相較於陷入沮喪的我……

「噢噢……得到滿滿的ＨＰ呢嘎。」

「是啊，好久沒感覺這麼滿足了。」

修魯．魯修和烏諾則顯得很開心。強制倒立終於解除，我和賽爾瑟烏斯得以恢復自由。

我呼出一大口氣，當場跌坐在地。

「這下妳總算願意教我們魔神化了吧？」

「咦？妳在說什麼啊嘎？我已經把祕儀『型態轉換法（Type Opposite）』傳授給你們了嘎。」

「咦咦！」

「剛才那個不僅是凌辱，同時也是用來傳授靈氣和技能的修行。」

「那我們可以變成魔神了嗎！」

「你們再倒立一次，然後把自己的名字倒著唸吧嘎。」

我照她的話倒立。雖然內褲被看光光，但我已經不在乎了！

——呃，我的名字倒過來唸是……

「黛妲絲莉！」

忽然，「砰」的一聲，我的周圍頓時煙霧瀰漫。等煙霧散去後，我被自己身體的變化嚇了一跳。原本的白色洋裝變成黑色皮製裙裝，手臂和腿部的皮膚也變成像是日曬過的古銅色！

「我、我現在變成什麼樣子了！」

「莉絲妲黛大人，這邊有鏡子。」

烏諾手指的鏡子裡映出我的全身。我看了大吃一驚。

從露胸的黑色皮製裙裝中，伸展出黝黑的手腳。嘴唇比平常更有光澤，而且最重要的是，背上長的竟是蝙蝠般的翅膀！臀部也長出尾巴！有點小惡魔的感覺！

「這、這就是魔神化呀……！好像有點性感呢……！」

我本來還擔心會變得怎麼樣，結果卻意外的令人滿意。有努力倒立好像還不錯呢！

「吶，聖哉！我能變成魔神了！再來要怎麼做呢？」

「這個嘛，沒什麼特別要做的，就去睡吧。」

「！虧人家都這麼努力變成魔神了，怎麼待遇還是跟平常一樣啊！」

「即使能力多少有提升，妳也不適合戰鬥吧。」

「是、是這樣沒錯啦！可是——」

「這邊才是重頭戲。」

賽爾瑟烏斯目睹我的變化，呼吸也急促起來。

「好、好吧！我也來試試看……！斯烏瑟爾賽！」

只聽到砰的一聲，賽爾瑟烏斯被煙霧包圍。不久後，煙霧消散，賽爾瑟烏斯仍站在原地。不過，那並非平時的賽爾瑟烏斯。

除了膚色跟我一樣變得黝黑外，全身的肌肉量也大幅增加，而且不知為何，他穿著黑色皮夾克，還搭配大量銀飾及骷顱造型的項鍊。其中最令我吃驚的，是他頭上長出了牛角般的角。

「這是怎麼回事……！我從來沒像這樣全身充滿力量！這真的是我的身體嗎……！」

「哦，看來能力值稍微有劍神的水準了。現在就馬上回烏諾波塔家開始訓練吧。」

——在、在這之後還要訓練喔！

經歷了倒立刑求的我，希望今天能先好好休息一下，但賽爾瑟烏斯卻出乎我意料地露出了挑釁的笑容。

「喔喔，好啊，那就開始修練吧。」

跟修魯．魯修道別後，我們立刻回到波塔家。雖然現在是晚上，庭院又很寬廣，但幸好

室外有裝魔光石燈，讓光線不至於太暗。烏諾的哥哥杜艾波塔幫忙準備了木刀，他將木刀分別拿給聖哉和賽爾瑟烏斯。

「聖哉，不能大意喔。賽爾瑟烏斯魔神化後，能力值暴增了十倍呢。」

「在聽冥王說話時、在冥界移動時，以及在你們陪倒立女玩遊戲時，我都有偷偷進行自主訓練，等級也上升了一些。」

「這、這樣啊……不過我當時可不是在玩喔！」

聖哉無視我的抗議，拿起木刀跟外表變得狂野的賽爾瑟烏斯正面相對。

「好了，賽爾瑟烏斯，你就全力放馬過來吧。」

「……好。」

賽爾瑟烏斯喃喃低語——同時消失無蹤！就在聽到悶響的下一秒，賽爾瑟烏斯已揮下木刀，聖哉摀住腹部，蜷起身體。

「等、等一下，賽爾瑟烏斯！聖哉的等級還很低耶！怎麼突然就——」

「他說要『全力』，所以我就照辦了。」

就算是這樣……沒想到聖哉竟會挨了賽爾瑟烏斯一擊！

聖哉摀著肚子起身。

「很好，賽爾瑟烏斯，繼續。」

「呵呵，我不拿木刀也可以喔。」

……之後的過程簡直是凌遲。赤手空拳的賽爾瑟烏斯輕鬆閃過聖哉的木刀，再用重拳痛揍聖哉。聖哉的身體弓成蝦子，亂拳如雨而下，打得聖哉前後左右不斷搖晃。

不、不要！這是怎麼回事！聖哉居然被賽爾瑟烏斯這種貨色打到遍體鱗傷！

我不忍再看下去，介入兩人之間。

「住手，賽爾瑟烏斯！」

「怎麼了，莉絲姐？我只是在陪他修練啊。」

「你這麼做只是在報以前的仇吧！」

「……讓開，莉絲姐。」

即使站都站不穩，聖哉依舊勉強起了身。他臉上滿是瘀青，還往庭院的地上吐了帶血的口水。

「賽爾瑟烏斯，繼續。」

「呵呵，還真有膽呢。」

這時，我發現聖哉身上冒出了紅黑色的靈氣。

「……狀態狂戰士。」

噢噢！能力值加倍！這樣一定就能跟魔神化的賽爾瑟烏斯平分秋色了！

變成狂戰士的聖哉將高舉過頭的木刀重重揮下，但賽爾瑟烏斯居然只用食指就擋了下來。

「這是在幹嘛？根本不痛不癢。」

賽爾瑟烏斯咧嘴而笑，將手臂用力揮下。

「吃我這一拳吧！這就是魔神的絕大威力！」

賽爾瑟烏斯的拳頭直接命中聖哉的臉，咚的一聲發出悶響！聖哉立刻被彈飛到數公尺之外。

——這、這跟以前聖哉和賽爾瑟烏斯的修練過程完全相反！就算聖哉等級再怎麼低，應該也不至於這樣才對……魔神化竟然這麼厲害……！

賽爾瑟烏斯邊甩掉拳頭上沾的血邊說：

「我有點想睡了，今天先到這裡吧，明天再繼續。」

賽爾瑟烏斯悠悠哉哉地走回宅邸後，聖哉呈大字型倒在庭院的地上。

「那傢伙是怎樣！一變強態度就整個變了！真是爛透了！」

我讓聖哉把頭枕在我的大腿上，並詠唱治癒魔法。他的傷勢很嚴重，宛如被凶惡的魔物所傷，但我的治癒魔法受到限制，無法馬上將傷治好。

「對不起，沒想到事情會變成這樣。」

看到聖哉難得負傷，我總覺得坐立難安。聖哉沉默片刻後，喃喃開口。

「訓練進行得很順利。再說，麻煩事不是每次都有嗎？」

「可、可是，這次與其說是拯救異世界，倒更像是捲入了神界的紛爭……」

「對我來說，這件事也並非與我毫不相干。」

「咦？」

「梅爾賽斯為何遭到神界放逐，原因尚未明朗。以客觀的角度來看，至深神界的做法也有值得非議之處。不過……」

聖哉即使遍體鱗傷，眼神依舊銳利無比。

「這是上次沒完成的工作，我一定要打倒梅爾賽斯。」

「嗯、嗯！」

聖哉接著緩緩起身，邁開腳步。我握著骰子的花飾，眺望聖哉漸行漸遠的背影。

第二天早上。

我還躺在烏諾準備給我的房間的床上時，突然聽到遠方傳來木刀互擊的聲音。我吃驚地從床上一躍而起，跑到庭院去。一看果然沒錯，賽爾瑟烏斯和聖哉已經開始訓練……不……應該說是開始單方面的凌遲。

「接招吧，魔神斬！」

賽爾瑟烏斯的劍技快到連肉眼都跟不上。聖哉一時閃不過，被木刀砍中肩膀，隨著骨頭的碰撞聲當場倒地。

「別再打了！」

我擋在聖哉面前，張開雙手，但聖哉從背後將我推開。

「……繼續。」

「那你就再多嚐幾次吧！這就是魔神的絕大威力！」

聖哉化為狂戰士，想勉強閃過賽爾瑟烏斯的招式，無奈身體和眼睛都趕不上那個速度。賽爾瑟烏斯壓倒性地占了上風。不論挨打幾次，聖哉都努力起身，但一記強烈的突刺忽然擊中他的心窩，讓他痛到表情扭曲，一動也不動。我連忙跑向聖哉。

「聖哉！不必做到這種地步吧！照以前那樣花時間做好準備增強實力不就好了嗎！」

「……要拯救三個扭曲的世界，還要打倒跟神域的勇者在一起的梅爾賽斯，可說是前所未有的難關。如果照以往的做法，進度恐怕會趕不上。」

「那也用不著這樣啊！」

看到聖哉搖搖晃晃地起身，賽爾瑟烏斯嘆了口氣。

「我已經打膩了。乾脆用強烈的一擊把你打昏，結束今天的修練吧。」

賽爾瑟烏斯身上冒出黑色的靈氣！他將木刀用力往後一拉，朝聖哉飛撲而來！

「呼哈哈哈哈！全力魔神斬！」

——聖哉！

我忍不住閉上眼睛。當我緩緩張開眼睛……卻大吃一驚！聖哉竟然用單手擋下了賽爾瑟烏斯的木刀！

「咦，奇怪……？」

賽爾瑟烏斯的語氣充滿錯愕。

「目前是58級。很好，賽爾瑟烏斯，多虧有你，讓我得以在短時間內迅速成長。」

聖哉對目瞪口呆，開始往後退的賽爾瑟烏斯繼續說：

「那麼，差不多可以試著提升狀態狂戰士的階段了。」

「咦咦！聖哉，你沒有升到極限嗎！」

「我之前都停在1・1倍，這才是原本的狀態狂戰士。」

聖哉的外表忽然產生變化，頭髮變得更紅，口中也露出尖銳的獠牙。

「狀態狂戰士・第二階段（State Berserk Phase Second）。」

他全身噴發出狂戰士的靈氣，靈氣量甚至超過賽爾瑟烏斯！

「再來是狀態狂戰士・第二・八階段……」

他將狂戰士化推升至能達到的最大極限！那氣場如此強大，讓我像觸電般渾身發麻！

「那我要上了，賽爾瑟烏斯。」

「咦？不，等等——」

紅色軌跡畫過賽爾瑟烏斯身側，發出「啪嘰」的清脆聲響。我一時還搞不清楚發生了什麼事。

「！好痛啊啊啊啊啊啊啊啊啊啊啊！」

魔神發出軟弱的哀號聲。我一看，原來是賽爾瑟烏斯一邊的角沒了。聖哉撿起賽爾瑟烏斯掉落的角，盯著角看。

「哎呀，有東西掉了。這是什麼？垃圾嗎？」

「那才不是垃圾，是我的角！還給我！」

聖哉用鼻子「哼」了一聲，把賽爾瑟烏斯的角扔到院子的草叢裡。沒拿木刀的那隻手握起拳頭，骨頭喀啦作響。

「我本來以為得在冥界待上好一陣子，看來訓練可以提早結束了。」

「是、是這樣……嗎……」

賽爾瑟烏斯被折斷角後，似乎連內心也挫折了。他如往常一樣卑躬屈膝地陪笑。

「哎呀，能幫上您的忙真是太好了！那我就先失陪了！」

「那是魔神式玩笑嗎？」

「呃，這不是在開玩笑……」

「現在還是白天，接下來在我等級封頂前，你每天都要把吃飯、睡覺的時間壓縮到極限，用所有空檔陪我訓練。」

「怎、怎麼這樣啊……！」

「來吧，讓我見識一下『魔神的絕大威力』吧。」

「呃，那個，仔細想想，雖然說絕大，但其實也沒那麼絕大……應該是微小又弱小才對……」

結果這兩人就這樣回到以往熟悉的關係……不過我完全不覺得同情！賽爾瑟烏斯，這是你活該！

話說回來，「為了提高修練效果，特地將狂戰士狀態設定得比較低，好讓魔神化的賽爾瑟烏斯把自己痛揍到接近極限的狀態」——這種不同於以往的冥界修練法，讓我見識到聖哉的決心。

——沒錯……這一切都是為了拯救扭曲世界，打倒梅爾賽斯和神域的勇者！

不過……

「好痛好痛好痛好痛！救命啊啊啊啊啊啊啊啊啊啊啊啊啊啊啊啊啊啊！」

看到聖哉面無表情地用木刀狂打慘叫的賽爾瑟烏斯，我不禁覺得這樣的他反而更像魔神。

第九章　不出門的勝利

「對了，聖哉大人在做什麼？」

「一直在跟賽爾瑟烏斯一起訓練啊。」

在那之後又過了五天。我現在正在波塔家的廚房一邊做菜，一邊跟烏諾聊天。我一面用菜刀咚咚咚地切著菜，一面嘆氣。

「唉——明明我也能變成魔神啊。」

「或許聖哉大人是擔心妳，不想讓妳戰鬥吧。」

「嗯——這就難說了。我不覺得他有那麼溫柔體貼。」

因為閒得發慌，我只好把心思都放在做菜上。雖然這裡的食材大都很陌生，但只要有鑑定技能就沒問題。烏諾和杜艾用來款待我們的冥界料理固然不錯，但我還是想盡量做出聖哉在日本會吃的料理，所以一直在尋找相似的食材。

「今天做咖哩好了。唔，香料放在哪裡？」

「香料就擺在那邊的櫃子上。」

「謝了！」

我走到烏諾說的櫃子前……

「！噫！」

卻被嚇了一跳。賽爾瑟烏斯不知何時跑來廚房，還在櫃子旁縮成一團！

「你、你、你在幹嘛！」

賽爾瑟烏斯雖然變成了魔神，但身上到處都是瘀青，頭上的兩隻角也沒了。

「那還用說！當然是躲人了！」

我賞賽爾瑟烏斯一記白眼。

「你實在有夠蠢的，難道沒想過事情會變成這樣嗎？」

「一定是魔神化讓我內心的黑暗面跑出來，所以我才變得有一點點得意忘形！」

「哎呀，那就怪了，只要不在下界發動，對精神層面應該不會有影響吧？」

「你看，連小烏諾都這麼說了，這全是你自己的錯！」

「嗚嗚嗚……」

但賽爾瑟烏斯似乎聽不進我的話，只是抱著頭不停發抖。

「好可怕……那傢伙好可怕……！每次只要魔神化，角都會被他折斷啊……！」

「是、是這樣嗎？」

「莉絲妲大人，賽爾瑟烏斯大人看起來十分疲憊，妳就先讓他一個人靜一靜吧。」

我只好扔下抖個不停的賽爾瑟烏斯，回去繼續做菜。過了一會兒後，聖哉來到廚房。

「喂，莉絲姐，妳有看到賽爾瑟烏斯嗎？」

我猶豫了一下，還是默默地指向廚房的角落。聖哉走了過去，像拎起貓一樣揪住賽爾瑟烏斯的脖子，把他拖了過來。

「嗚哇啊啊啊啊啊啊！不要不要不要不要啊啊啊啊啊啊！我不想去啊啊啊啊啊啊！誰來救救我啊啊啊啊啊啊啊啊！」

劍神嚎啕大哭。看到他活像個被綁架犯抓走的孩童的樣子，我不免有些心疼……不、不過這也是他自作自受！加油啊，賽爾瑟烏斯！在聖哉等級封頂前要撐著點啊！

等午餐時間一到，我端起煮好的咖哩，來到作為訓練場的院子裡。賽爾瑟烏斯趴在地上，失去了意識。我對賽爾瑟烏斯雙手合十，為他哀悼片刻，然後把聖哉叫來花園桌旁吃咖哩。

「對了，聖哉，等級升得還順利嗎？」

「嗯，剛剛封頂了。」

「好快喔！那你應該準備好了吧！」

「不，還差一步。」

吃完咖哩後，聖哉起身邁開腳步，我也跟了上去。

「喂，你要去哪啊？」

「去鎮上。」

冥界的人看到我和賽爾瑟烏斯，不是舔舌頭就是賊笑，這讓我很害怕，都不敢離烏諾的家太遠。不過，聖哉常利用訓練後或空閒的時間去鎮上逛，所以這次我也下定決心要跟他去。

……今天的冥界依然有一堆模樣詭異的人在走來走去。在冥王的六道宮附近一帶，我看到彷彿長頸妖怪的人，以及只用一顆頭在地上滾的人等等。不過，那些冥界居民看到聖哉時……

「嗨，聖哉先生！」

「你好啊！」

「您近來可好？」

不知為何都很親切地向他打招呼！

──這、這是怎麼回事！他什麼時候成為鎮上的風雲人物了！

有個臉是女人，身體是蜈蚣的冥界居民看到聖哉，也露出溫柔的微笑。我於是有樣學樣，試著以平常心向她打招呼。

「嗨，妳好！」

沒想到蜈蚣女卻立刻表情扭曲，舔起舌頭。

「嗚欸欸嘿嘿嘻嘻嘻嘻嘻嘻！是神啊啊啊啊啊啊啊啊！快給我ＨＰ啊啊啊啊啊啊啊啊啊！」

「！態度怎麼突然變化這麼大！為什麼待遇差這麼多啊！」

我馬上躲到聖哉背後。雖然小烏諾曾說過「冥界的人都很尊敬神」之類的話……但他們會不會其實只是把我們當成了「供給ＨＰ的食物」啊！

不過聖哉倒不在意，繼續大步前進，最後停在某家商店前。當我穿過門簾，進入這棟木造建築物時，被店內陳設的劍、盾和盔甲嚇了一跳。

「咦咦！原來冥界有武器店嗎！」

從店面後方走出一個不斷扭動觸手的冥界居民，外表類似地球的章魚。他應該就是老闆吧？

「我訂的東西送來了嗎？」

「是，已經送到了。不過因為老爺您說什麼備用的備用，讓我們準備得很辛苦呢。」

看來他們早就認識了。這個像章魚的老闆伸出大量的觸手，拿起偏暗紅色的盔甲及同樣顏色的劍，當著聖哉的面搖了搖。

「聖哉，你訂了武器嗎？」

「嗯，本來想訂更多的，但老闆說沒辦法，我只好改訂少一點。」

「這怎麼算少！已經很夠了啦！」

老闆露出傻眼的表情，這時我突然想到一件事，大叫出聲。

「喂，等一下！在冥界買的武器，能帶去異世界嗎！」

「這個嘛，商品一旦出售，就屬於顧客了。不管顧客要用在哪裡，怎麼用，都不干咱們的事。」

是、是這樣嗎！這在神界是絕對不行的！冥界的管制好寬鬆！

不過在扭曲蓋亞布蘭德裡，應該也沒有像樣的武器和防具，能在這裡弄到精良的裝備還是最好的。

——沒想到聖哉在修練之餘，也沒忘了找裝備呢！

我正在心中偷偷佩服時，看似溫和的老闆突然臉色一變。

「那麼，就請您支付跟這些武器等值的金額吧……」

不、不會吧！難道我又要受辱了嗎！

我膽怯地往後退，聖哉卻說：

「不用擔心，我已經準備好等值的物品了。」

「咦？」

聖哉從袋子裡倒出一堆東西。

「這就是等值的——『劍神的羞恥角』。」

「這、這、這真是驚人的ＨＰ啊！」

咦咦咦咦咦！這個可以用來代替錢嗎！話說賽爾瑟烏斯到底被折斷了幾隻角啊！

最後聖哉用二十支賽爾瑟烏斯的角，換到了十套冥界的劍與盔甲。聖哉到房間後面把劍和盔甲裝備起來，等他走出來後，我對這套暗紅色的裝備發動鑑定技能。

『冥界的劍與盔甲——這是用日緋色金所做的冥界裝備，比鑽石和白金更堅固耐用，是只有在冥界才能得到的超稀有裝備喔！』

「哦，好厲害的裝備喔！」

「嗯，比白金之劍和白金盔甲更強。」

「真是太好了，聖哉！」

在這之後，身為魔法戰士的聖哉也不管自己根本就用不到，仍然「為了保險起見」又買了冥界的盾牌。

老闆說了「謝謝惠顧」，我們走出武器店，聖哉又隨即走進隔壁的店。店裡擺了許多珍奇的物品，也不乏常見的藥草，看來這裡應該是冥界的道具店。

「我要那個、這個和那個，還有那邊的我也全包了。」

這間店的老闆貌似穿盔甲的無頭騎士，聖哉也不在意，一如往常地狂掃貨品。

「您買這麼多我是很高興啦，但您有錢付嗎？」

老闆懷疑地問聖哉，聖哉拿出一堆賽爾瑟烏斯的角給他看。

「這是『劍神的羞恥角』。」

「喔喔喔！我賣了！您要拿多少都可以！」

！呃，每樣東西都能用那個付嗎！賽爾瑟烏斯的角未免太萬能了吧！

聖哉採購了一大堆不知該用在哪裡的冥界道具。當我們要走出商店時，老闆跑到他身邊，語帶埋怨地說：

「這位客人，因為您的關係，讓本店的存貨全沒了。可以的話，希望您能再意思意思一下……」

「真拿你沒辦法。」

聖哉突然抓住我的頭髮，拔下一撮！

「！哇，好痛！」

他把我的頭髮丟給老闆。

「拿去吧。」

「喔喔！非常感謝您！」

「當我的頭髮是小費嗎！怎麼可以說給就給啊！」

我氣得大叫，但聖哉仍若無其事地離開道具店，繼續往前走。

「這、這次你又要去哪裡？」

「我要去找修魯・魯修。」

「咦！事情都辦完了，還找她幹嘛？」

「我有事想找她商量。我對她的技能很有興趣。」

「難、難道你也想變成魔神嗎！」

「想也知道不可能吧。不過之前看了你們受辱的過程，讓我湧現了靈感。」

看、看了那個會湧現什麼靈感啊……？

雖然有點好奇，但聽到修魯．魯修的名字，喚醒了我被強迫倒立的心靈創傷。我不想再被她強迫倒立，同時也感受到聖哉那股「莉絲妲，妳要跟我跟多久」的無形壓力，只好放棄繼續與他同行。

後來又過了三天。

「那賽爾瑟烏斯先生，請你幫那邊澆水。」

「好，我知道了。」

聖哉等級封頂的同時，賽爾瑟烏斯也被打入了冷宮。後來，他都在幫杜艾照料庭院。從訓練中解脫後，他整個人如釋重負，看起來很幸福。嗯……雖然這有失劍神的尊嚴，不過讓賽爾瑟烏斯做做料理打打雜，對他本人似乎也比較好。

賽爾瑟烏斯原本幸福的表情，卻突然因恐懼而扭曲。我一看，聖哉竟然正以倒立的姿勢從另一頭走過來！

「聖、聖哉！你這是在幹嘛！」

「看了就知道吧，我在倒立走路。」

「我是問你為什麼倒立！」

但聖哉不理會我的追問，以倒立的姿勢盯著遠方的某一點看。難、難不成……這該不會是……

聖哉靜靜地開口。

「一切準備就緒(Ready perfectly)。」

——！呃，雖然用倒立的姿勢說感覺很遜，不、不過他終於做好準備了！

「很好！那我們就快去拯救扭曲蓋亞布蘭德吧！」

我大喊，賽爾瑟烏斯卻尷尬地抓抓頭。

「啊，那個，該怎麼說呢，我還是留在這裡好了。反、反正去了也派不上用場。」

我和聖哉都賞他白眼。不過他說得沒錯，他去了應該也沒什麼用。對我來說，他不去其實也沒差……

「不行。」

在一旁聽著的烏諾笑著否決。

「為、為什麼啊！」

「冥王大人要賽爾瑟烏斯大人也一起去，大人說這也是為了賽爾瑟烏斯大人好。」

「怎麼這樣，真的假的……！太慘了……！我死都不想去啊……！」

賽爾瑟烏斯都快哭了。雖然詳細原因得問冥王才知道，但總之賽爾瑟烏斯必須同行。聖哉也重重地嘆了一口氣。嗯，我懂你的心情！

「賽爾瑟烏斯！你不要扯我們的後腿喔！」

對賽爾瑟烏斯喊完後，我帶著笑容轉身對聖哉說：「你說對吧！」

「真是的，這次的麻煩人物竟然有兩個。」

「是啊是啊……咦，等一下！我也包含在內嗎！」

「這不重要。莉絲妲，我能指定開門的地方嗎？」

「不、不行，現在只能開在之前開過的地方。因為無法取得伊希絲妲大人的許可，所以不能像以前一樣在沒去過的地方開門……」

「妳這樣不是變得更沒用了嗎？」

「這有什麼辦法！又不是我的錯！」

「總之快開門就是了。」

聖哉催我開門，可是艾多納鎮上充滿了帶著殺意的龍人。雖然我們在冥界逗留了很久，但這裡的時間流動緩慢，蓋亞布蘭德的時間應該沒過多久，龍人很可能還在到處找我們。

我有點緊張地向聖哉再次確認。

「可以嗎，聖哉？我要開門嘍。」

「嗯。」

我詠唱咒語，叫出通往扭曲蓋亞布蘭德的門，聖哉毫不遲疑地大步向前。終於要展開新的冒險了，烏諾和杜艾帶著笑容向我們行禮。

「那麼，祝各位旅途平安。」

「我們會保留各位的房間，各位可以隨時回來。」

「嗯！小烏諾、杜艾先生，謝謝你們幫了這麼多忙！」

我向那兩人揮手道別。然而，在這應該笑著啟程的時刻，聖哉卻停在門前，一動也不動。

「咦，奇怪？你怎麼還不走？」

不久後，聖哉緩緩開門，將一隻手伸進門內。

「……鳳凰自動追擊（Automatic Phoenix）。」

偵查用的火鳥從聖哉手中振翅飛離。

勇者能使用的魔法和特技，會配合要拯救的異世界產生變化。上次在伊克斯佛利亞時，聖哉以土魔法為主，偵查時通常是使用魔巨像。但這次在蓋亞布蘭德不能用土魔法，所以他改成放出鳳凰自動追擊。

聖哉讓門保持敞開，毫無防備地閉上眼睛。

「嗯……龍人大約有上百個，鎮上一個人類也沒有。」

他似乎將火鳥和自己的眼睛連結，藉此俯瞰整個艾多納鎮。這麼謹慎的做法很像聖哉的風格，不過有件事讓我很在意，就是——門一直大大敞開著。

——就算要偵查，先通過門再偵查不是比較好嗎……？

杜艾和烏諾也在一旁觀望。後來，我擔心的事終於發生了。有個龍人從門的另一頭指向這裡！

「什麼！這裡竟然有門！」

「是之前那些傢伙！邪教徒就在門裡！」

龍人在門外越聚越多！賽爾瑟烏斯大叫！

「嗚喔！被發現了！」

「聖、聖哉！不好了！龍人要來了！」

這、這時還是先關上門吧……正當我這麼想時，突然大吃了一驚！聖哉竟朝著門伸出手！

「別慌，我已經瞄準了。」

「瞄、瞄準？」

龍人拿著有連鎖魂破壞的武器，朝著門蜂擁而來！他們的殺氣讓我和賽爾瑟烏斯焦急起來！但聖哉仍不慌不忙，將對準門的手用力一握。

「……小隕石飛來衝（Meteo Strike）。」

他在詠唱的同時一個轉身，以迴旋踢關上通往扭曲蓋亞布蘭德的門！在短暫的靜默後，爆炸聲頓時撼動耳際，門也因內側的大爆炸而嘎吱作響！

「嗚哇！」

聲響和震動非常劇烈，我和賽爾瑟烏斯都跌倒在地。過了一會兒後，聖哉才將手放上門板，緩緩打開被衝擊波震歪的門。

門外景色驟變，觸目所及皆化為一片焦土！巨大的隕石砸出坑洞，冒出陣陣黑煙。原本就形同廢墟的城鎮，更被破壞得體無完膚！不但房屋倒的倒塌的塌，龍人們也當場燒成焦屍，倒地不起！

「掃蕩完畢（clear）。」

我看著喃喃自語的聖哉，嘴巴像金魚般開開合合。

有、有、有這種攻擊法嗎！連門都沒出，就在冥界把艾多納鎮的龍人直接一掃而空！

「不、不過這樣一來，我們的生命安全就有保障了！有聖哉先生當夥伴果然很可靠呢……！」

賽爾瑟烏斯露出如釋重負的表情。

「呵呵呵……！沒想到您會這麼做呢……！」

烏諾波塔似乎很興奮，又吐出一點血來。聖哉轉動脖子，發出細微的喀喀聲。

「好，我要出發了。現在正式開始攻略扭曲蓋亞布蘭德。」

聖哉伴隨著踩過沙土的聲音，瀟灑地消失在門裡。

「聖、聖哉？」

「等、等等啊！」

「那、那就改天見了，小烏諾！這次是真的要出發了！」

我和賽爾瑟烏斯連忙追在聖哉身後，但在我的背後……

「呵呵呵，真不愧是聖哉先生呢。」

「是啊，這才像我們的——」

——咦？

杜艾他們的對話引起了我的好奇心。我忍不住回過頭，門卻已經在關門聲中靜靜闔上。

第十章　轉換的奧妙

以超高速飛來的隕石撞擊地面，引發大爆炸。我們走過被炸成焦土的艾多納鎮時，四周還不斷冒出火舌和黑煙。我附近有間房屋勉強閃過了隕石直擊，卻仍在烈焰中逐漸燒燬，發出陣陣聲響。

「嗚哇……真慘。」

「咦咦咦咦咦咦咦咦……這是怎麼回事……！人類怎麼可能使出這種招式……！」

賽爾瑟烏斯驚愕地喃喃自語，我很了解他的心情。這是曾將多達一萬人的不死者軍團一次殲滅的天空魔法——小隕石飛來衝。在伊克斯佛利亞用土魔法的聖哉固然厲害，但或許在蓋亞布蘭德才能讓他出眾的才能發揮得更徹底。

我感覺心情更踏實了些，便回頭看向聖哉。他不知為何朝天空高舉雙手。

「……小隕石飛來衝。」

「「啥？」」

我和賽爾瑟烏斯同時出聲。當我們戰戰兢兢地抬頭看向天空，就看到好幾個巨大隕石拖著長長的尾巴，朝這裡直衝而來！

「「呀啊啊啊啊啊啊啊啊啊啊啊啊啊！」」

我和賽爾瑟烏斯連忙蹲下，把頭壓低！爆炸聲大到快震破耳膜！晃動劇烈到無法起身！因為沒東西可抓，在迫於無奈下，我只好和賽爾瑟烏斯互相扶著對方。

……過了一會兒後，我抬頭望向聖哉。他的表情非常平靜，彷彿只是在咖啡廳喝茶。

「為了保險起見，我也往郊外扔了幾發。這樣就更安心了。」

「不要說得像丟球一樣簡單！要是有人類怎麼辦！」

「鎮外半徑一公里內都沒人，我用鳳凰自動追擊確認過了。」

既然聖哉都這麼說了，應該沒問題吧。萬一有人捲入爆炸，這裡終究是扭曲世界，只要把扭曲修復，一切就等於沒發生過。即使如此，我還是覺得剛才的小隕石飛來衝是多此一舉。賽爾瑟烏斯似乎也有相同的想法，還小聲地問我：

「我、我問妳喔，他總是這樣嗎？」

「對啊，他一向都是小心小心再小心。」

「我剛才還覺得他很可靠……現在又開始不安了。」

賽爾瑟烏斯說到這裡，忽然用力抓住我的手。

「莉絲姐……！」

「你幹嘛啦！不要隨便亂摸女神的肌膚好嗎！」

「那個！快看那個！」

我順著賽爾瑟烏斯手指的方向看去，不禁懷疑起自己的眼睛。有個全身著火的龍人朝著我們緩緩走近。

「嗚哇！是龍人？不、不過身體著火了！小隕石飛來衝讓他遍體鱗傷呢！」

「對、對耶！應該不用擔心吧！」

「依聖哉的個性，應該是故意留下一個，好打聽敵人的情報吧？」

「喔喔，這樣啊！原來如此！」

賽爾瑟烏斯聽到我這麼說，露出了放心的表情。但聖哉卻擋在我面前，從腰際拔出劍。他不知何時發動了狂戰士化，頭髮和眼睛都是紅的。

「咦？聖哉？」

「剛開始冒險時，比起收集情報，生命安全更是第一優先。所以我在中心地區放了一發，郊外放了四發。我是打算把城鎮周圍的敵人全部消滅，才會放小隕石飛來衝的，但那傢伙竟然還活著。」

「什麼……！」

聽到聖哉這麼說，我又仔細看了看龍人。他雖然全身著火，腳步卻踏得很穩，還筆直地朝我們走來，似乎對身上的火毫不在意。

聖哉咬牙切齒。

「天啊。」

——真、真的是我的天啊！被砸了幾發小隕石飛來衝還活跳跳的！怎麼會有這種龍人啊！

不過聖哉想的跟我不一樣。

「小隕石飛來衝的量完全不足，當初應該砸個一百發才對……」

「！不，要是真的砸那麼多發，別說這個鎮了，就連整個蓋亞布蘭德都會瓦解吧！這樣會完全出局的！拜託別再砸了！」

就在我們你一言我一語時，龍人走到了距離我們只有幾公尺的位置。聖哉用手勢示意我們快閃，為了不妨礙聖哉，我和賽爾瑟烏斯退到聖哉背後觀察情況。龍人張開長滿小尖牙的嘴。

「你們就是前幾天出現在這裡的『冒充勇者和神的騙子』嗎？雖然我的部下說你們是冒牌貨……不過從那股瞬間毀滅整個鎮的力量來看，你們的確是真貨。」

他說話語氣斯文，卻感受不到任何情緒，像機器人在講話。我同時也察覺，從他長滿鱗片的身上，冒出了比剛才更大的火焰！

——他、他不是因為小隕石飛來衝的爆炸而著火，而是他本身就會起火嗎？

我想得沒錯。熊熊火焰在龍人背後形成翅膀，龍人拍動火焰之翼，飄浮在半空中。

「如果是真的，那更非殺不可。這也是聖天使教的教條。」

「聖、聖天使教到底是什麼！」

「我們奉德拉哥奈特大人為教皇，崇拜降臨在蓋亞布蘭德的聖天使大人。這份信仰為我們帶來深遠且安定的指引。」

龍人在胸前畫出十字。

「願聖天使庇佑吾等。」(Ora-eru-raru-ra)

賽爾瑟烏斯用顫抖的聲音大叫。

「怎、怎麼會突然跑出這麼可怕的傢伙！異世界初期的敵人應該是史萊姆或哥布林才對啊！」

賽爾瑟烏斯說得沒錯，在一般的異世界裡，是不可能一開始就遇上這種狀況的。不過對我和聖哉來說，這種事已經見怪不怪。

「不要緊！聖哉就是有預料到這種情形，才會一直在冥界修練啊！」

我扯開嗓門對自己精神喊話，並發動能力透視，確認眼前這個龍人的能力值。

炎天龍修德拉爾

Lv：85

HP：245051　MP：15234

攻擊力：152444　防禦力：443512　速度：126549

耐受性：火、風、水、雷、土、聖、闇、毒、麻痺、睡眠、詛咒、即死、異常狀態

特殊技能：全武器攻擊無效化（Lv：MAX）　火焰系魔法吸收（Lv：MAX）
　　　　　風系魔法無效化（Lv：MAX）　水系魔法無效化（Lv：MAX）
　　　　　土系魔法無效化（Lv：MAX）　雷系魔法無效化（Lv：MAX）
　　　　　光系魔法無效化（Lv：MAX）　闇系魔法無效化（Lv：MAX）

特技：闇炎啟示錄（Dark Catastrophe）
　　　終焉黑球體（Desperate Sphere）

性格：殉教

雖然能力值遠不及狂戰士化的聖哉……技能卻很值得一提！不但能吸收火焰魔法，還能使幾乎全部的其他魔法無效……防禦力也很高，不能用武器攻擊！有效的恐怕只有冰結魔法——話說回來，這種能力值之前好像在哪裡看過……？

聖哉應該也看到了敵人的能力值，正在喃喃低語。

「很像以前在蓋亞布蘭德打過的火焰怪物。」

火焰怪物……對、沒錯！是魔王軍四天王死亡馬古拉做出的達克法拉斯！那傢伙也是能讓冰結魔法以外的所有魔法都無效化！我記得當時聖哉是用震動波和冰屬性的手環才瓦解敵人的防禦……

火炎龍人修德拉爾不知從何處掏出了一本厚重的書，那是之前遇到的龍人所提過的「教典」。

「聖哉，你要小心！那本書裡會跑出帶有連鎖魂破壞的劍！」

修德拉爾聽了露出尖牙，「嘻嘻」竊笑了兩聲。

「不，我的是特別訂做的，並不是劍。」

他張開巨大的嘴，把教典一口吞下！轉眼間，覆蓋他體表的火焰由鮮紅轉為漆黑，背上的羽翼也被黑色火焰包圍！修德拉爾像在威嚇我們般，從口中吐出黑色火焰！

「這樣一來，我的火焰就成為了能燒光你們靈魂的烈焰。」

！是帶有連鎖魂破壞的火焰？要是被那個燒到，我和聖哉都難逃一劫！

我對闇炎攻擊提高警覺，修德拉爾卻從眼前消失！他在不知不覺間高速飄浮到了聖哉眼前！

「聖、聖哉！」

「嘻嘻嘻……！『闇炎啟示錄』！」

黑色火焰從他飄浮的身體往外噴射，像蛇一樣扭動擴散，襲向聖哉。

「爆殺紅蓮獄（Maximum Inferno）。」

我一時反應不過來，但狂戰士狀態的聖哉早已做出反應。從他舉起的手中出現數道火焰，紅黑兩色火焰彼此衝撞。

看到聖哉擋下內含連鎖魂破壞的火焰，讓我鬆了一口氣。但令人難以置信的是，黑色火

焰竟然將聖哉的紅色火焰緩緩逼退！

「怎麼會！為什麼聖哉的爆殺紅蓮獄會輸給他！」

聖哉在能力值上明明大幅領先啊！修德拉爾吐出舌尖分岔的長舌頭。

「聖天使大人賜予的闇炎啟示錄，是能吞噬一切的黑暗火焰。」

「對、對了！是技能的『火焰系魔法吸收』！那傢伙吸收了聖哉的火焰！」

不管是魔法、物理，所有攻擊都無效，連聖哉擅長的火焰魔法也能吸收！這、這下慘了！對聖哉來說，他或許會是最難對付的敵人！

看到聖哉的火焰在空中被吸收，不安的感覺重重壓在我的心上。但聖哉的表情毫無變化，只是用鼻子「哼」了一聲。

「如果火不行，就只能用相對屬性的魔法來解決他了。」

「相對屬性——聖哉，你這次也有準備冰屬性的手環嗎！」

火焰屬性的聖哉無法使用冰結魔法，所以在達克法拉斯戰時，他用了帶著冰之魔力的道具。不過……

「賦予屬性的手環內藏的魔力不多，只是暫時性的道具，我已經不需要了。透過跟修魯．魯修的修練，我連以前不可能習得的技能也會了。」

「那、那是？」

「就是把我的魔法屬性從火轉換成冰。」

「！怎麼可能！那種事辦得到嗎！」

火焰屬性的人要用相對的冰屬性魔法，本來應該是絕對不可能的事！難、難道用修魯・魯修的轉換法，就能將不可能化為可能嗎！

「烏諾波塔說得沒錯，在冥界的確很少人擁有適合戰鬥的技能。但依照場合不同，有時甚至比跟神界的神修練來得更有助益。」

聖哉彈了下手指。

「……『屬性轉換（Conversion）』。」

聖哉體內瞬間冒出銀白色的靈氣，一股寒意往他身旁的我襲來。沒、沒錯！他真的改變屬性了……只不過……

「等一下！你改變屬性時，不用像我們一樣倒立和倒著唸名字嗎！」

「如果將屬性轉換練到精熟，就不必做那種丟臉的事。」

「！不要說丟臉啦！」

嗚！為什麼我和賽爾瑟烏斯來做就像三流的搞笑藝人，聖哉來做卻像一流的演員般又酷又帥！太不公平了！

不過我又發現了一件比這個更重要的事。

「聖、聖哉！小烏諾說過我和賽爾瑟烏斯一旦在異世界魔神化，力量就會失控！你這樣轉換魔法屬性沒問題嗎！」

「不，當然會跟魔神化一樣魔力失控。」

「那不就糟了嗎！」

我忍不住大叫，但聖哉仍將手對準飄浮在半空中的修德拉爾。寒氣在聖哉的手前方凝聚，眨眼間化為實體，形成巨大冰柱。只見聖哉將手一揮，冰柱就以驚人高速發射出去。然而……

「呼哈哈哈哈！你到底在打哪裡啊？」

修德拉爾放聲大笑，因為聖哉射出的冰柱，從距離修德拉爾還有三個他的位置通過了。

「……這就是魔力失控狀態。雖然魔法攻擊力會增加好幾倍，卻瞄不準目標。」

「咦咦咦咦咦咦！無法瞄準目標嗎！」

聖哉邊跟我說話，邊射出下一波冰柱，結果冰柱連修德拉爾的邊都沒擦到，還往完全相反的方向飛去！

「呵呵呵，不管威力多大，打不中就毫無意義。」

修德拉爾似乎認定聖哉的攻擊不構成威脅，就這樣飄浮在半空中，開始將魔力聚集於雙手。不久後，黑色火焰膨脹成球狀！

「好了！現在就把你們的命獻給聖天使大人！」

——慘、慘了！他打算拿那個砸我們！

那火球簡直像黑色的太陽！一旦命中我們的話，不難想像會有什麼下場！就算避開直擊，能不能全身而退還很難說！

我下意識地後退，聖哉卻照樣用右手對準飄浮在空中的修德拉爾。寒氣又在他的手的前方逐漸凝聚。

不、不行！魔法攻擊力上升的冰柱要是能命中，或許還可以抵銷……可是從剛才的攻擊來看根本不可能！一定會射偏的！

不過聖哉並沒有要發射冰柱的意思，只是跟修德拉爾一樣將魔力不斷集中於右手。

——他要將全身的魔力灌進冰柱嗎！對了！他是想等黑色球體近到不能再近時才發射吧！這樣一來的確能提升成功抵銷的機率！

用命中率低的冰柱去對付敵人強大的招式，感覺像一場不成功便成仁的豪賭。不過在我呼吸急促地看向聖哉的瞬間，才赫然發現自己的推測有誤。

聖哉在右手周圍形成的冰柱，並非先前的巨大冰柱，而是大小跟食指相仿的小冰柱——他以驚人的速度在手的前方做出無數個這樣的小冰柱！一百、兩百……不、不對……還要更多！

只消一眨眼的工夫，聖哉的右手前方就形成了多到數不清的小冰柱。這時，修德拉爾也在空中觀察聖哉的動向。他大概對自己的招式抱著絕對的自信，不但不把聖哉的舉動當一回事，還一臉得意地竊笑。

「不管你搞什麼小動作，在我這招面前都是徒勞無功！好了，給我燒個精光吧！『終焉黑球體』！」

「糟、糟糕！他出招了！」

賽爾瑟烏斯發出尖叫。看修德拉爾那麼自信滿滿，說不定威力直逼小隕石飛來衝呢！

我害怕地別開視線。就在那一瞬間，風聲從聖哉所站的方向傳來。

——怎、怎麼了？

……我抬頭望向天空，發現手上還舉著黑火球的修德拉爾身體一歪，失去平衡！

「嗚！你這傢伙……！」

到、到底發生了什麼事！難道聖哉的攻擊命中了嗎？

我看向聖哉。雖然他的右手依然對準修德拉爾，保持跟剛才同樣的姿勢，我還是察覺了其中的變化。聖哉的右手前方原本有許多冰柱，現在數量卻比之前少了一些。

修德拉爾發出呻吟，試圖重新站直。這次，我把視線停在聖哉身上，結果就看到了剛才發生的事。

聖哉一揮右手，就有上百根冰柱排成扇狀，以肉眼難以辨識的高速射向修德拉爾！雖然有一半從修德拉爾的身旁通過，但其餘的冰柱仍舊打中了修德拉爾的頭部、腹部和手腳！

「嘎！」

修德拉爾又悶哼一聲。我一看，被打中的地方竟變得蒼白。大概是因為受到損傷，讓集中魔力的過程中斷，只見他手上的黑色火球越來越小，最後消失無蹤。

「你、你竟然……！」

看到必殺技在使出前就被消去，修德拉爾在天上露出猙獰的表情，狠狠地瞪著我們。聖哉也對他投以銳利的眼神。

「既然瞄準目標有困難，先把攻擊範圍盡量擴大再發射就好。」

「聖哉！你那一招是……？」

聖哉用右手繼續對著修德拉爾，靜靜低語。

「這是分散發射的冰柱連擊——『擴散式雹彈（Fenrir Shot）』。」

「下一波，發射。」

飄浮在聖哉右手前方的數百根冰柱的一部分射向了修德拉爾。擁有火焰之翼的修德拉爾在空中迅速移動，卻仍舊閃躲不了擴散式發射的雹彈。雖然冰柱有一半以上從修德拉爾周圍徒然掠過，剩下的還是命中了修德拉爾。修德拉爾發出痛苦的呻吟。

——簡直就像散彈槍！這樣就不必瞄準了！

「小隕石飛來衝時我太大意了。這次我要不斷重複，直到所有子彈射完為止。」

我不覺得當時那樣算是大意，但聖哉似乎為此在深深反省，所以才會在右手前方形成多到數不清的小冰柱。之前已經射過三輪了，冰柱卻還剩下很多。不過……

「用那種小石頭打，根本成不了致命傷！」

即使被冰柱猛砸，修德拉爾仍猛地朝這裡直衝而下！

「不、不會吧！擴散式雹彈沒用嗎！」

「既然擴散了，威力當然也會驟減。」

聖哉以事不關己的語氣說明，並繼續對修德拉爾狂射擴散式雹彈。雖然命中時會讓對方暫停動作，但只要擴散式雹彈射完，修德拉爾又會繼續往我們的所在之處降落。

「等那些冰柱全部用完，就是你的死期了！」

修德拉爾對不斷發射的冰柱彈毫不在意，不斷朝我們逼近！即使他似乎因在逆風中前進而速度緩慢，彼此之間的距離仍舊逐漸縮短！

「聖、聖哉先生！他根本不痛不癢，照樣衝過來耶！」

「沒、沒問題的，賽爾瑟烏斯！俗話不是說積沙成塔嗎！就算損傷很小，只要他繼續被擴散式雹彈的彈雨擊中，最後也一定會——咦、咦咦咦！」

我把視線轉向聖哉，才驚覺大事不妙。剛才冰柱明明還那麼多，現在卻一根也不剩！

「子、子彈用完了！」

高亢的笑聲從上空傳來。

「哈哈哈哈！看來你自豪的小石頭也丟完了！」

已經沒東西能阻礙降落了！修德拉爾朝我們直線飛來！

「他來了！這下完蛋了！好可怕！」

賽爾瑟烏斯正要落荒而逃時，聖哉把之前舉起的右手放下，改用左手對準修德拉爾。

「……裝填完畢。」

聖哉的左手前立刻產生出無數小冰柱！

「擴散式雹彈。」

當他喃喃地這麼說時，修德拉爾和聖哉間的距離已經縮短到僅剩十公尺。只要再過幾秒，修德拉爾就能碰到我們。不過，新生成的擴散式雹彈搶先一步，以更快的速度襲向修德拉爾。

「嘎啊！」

修德拉爾被近在咫尺的擴散式雹彈打中，反彈似的跌落地面。看到修德拉爾被打飛，聖哉一臉滿意地喃喃開口。

「嗯，多虧剛才距離拉近，這次八成以上都打中。」

「太、太好了！我還以為你的雹彈用完，急死我了！」

「不可能用完的。我趁右手發射擴散式雹彈時，先將魔力集中到了左手。把右手的雹彈射完要十秒，左手裝填雹彈也要十秒。當一邊的雹彈射完，另一邊也剛好完成了裝填。」

「也就是能永久發射嗎！」

「怎麼可能永久發射，當然是射到魔力用完為止。順便告訴妳，我的魔力大約六萬，裝填一次擴散式雹彈則需兩點魔力，換算出來大概能射上三萬次。」

呃，這不是跟永久差不多嗎！害我白擔心了！不、不過這對敵人而言也是相當絕望呢！

聖哉邊跟我交談，邊對倒地的修德拉爾繼續發射擴散式雹彈。修德拉爾一調整動作，就會被雹彈彈飛，只要他準備起身，就會被新一波的雹彈突刺。

修、修德拉爾完全進退不得！這樣他就束手無策了！接下來只要等傷害累積就行了！

「……嘎……嘎嘎……！」

修德拉爾發出低吼！在冰柱打中變色的地方，又有新的冰柱如雨而下！修德拉爾的身體開始出現異變！原本覆蓋火焰的皮膚開始結霜、冰凍！

「身、身體凍結了……？怎麼可能……！」

「聖、聖哉！那是怎麼回事！」

「我本來就沒指望雹彈造成的傷害。等命中數超過一定數量後，冰結魔法便會發動，將對方凍結——這才是擴散式雹彈真正的效果。」

修德拉爾擠出最後的力氣，用右手打掉飛來的雹彈。雖然漆黑的火焰讓冰柱蒸發，但從其他方向射來的第二波雹彈還是打中了他，把他的右手也凍結了。

「可惡……！」

修德拉爾不甘心地低吼，而這成了他的遺言。當下一波子彈命中他的胸口時，冰霜隨即擴散到臉部，並進一步包覆他的軀幹和四肢。在擴散式雹彈毫不停歇的連射下，修德拉爾沒多久就全身結凍，化為一座冰雕。

「太好了！修德拉爾結凍了！」

看到修德拉爾完全停止動作，我不禁鬆了一口氣，但聖哉的攻勢仍未減緩。他不厭其煩地朝已經凍結的修德拉爾繼續發射擴散式雹彈！覆蓋其體表的冰層厚度也逐漸增加！

「聖、聖哉！他已經凍得很徹底了！」

「別小看這傢伙火焰的威力。他很可能會融化我的冰，再次襲擊我們。我得讓他凍得更徹底更硬才行。」

「這、這樣啊……算、算了，這種時候還是做得徹底一點比較好！」

話雖如此，但不間斷的擴散式雹彈讓四周充滿白霧般的寒氣，溫度也急速下降。

——好、好冷！連我也快結凍了！

呼出的氣是白的，全身泛起雞皮疙瘩，腳也開始抖個不停。而就在這時，一個巨大冰塊在我眼前形成了。

「！怎麼變得像冰山一樣！不用做得這麼過火吧！」

「都凍到這種地步了，量他也無法輕易逃脫。不過，接下來才是重點。畢竟冰結魔法不能將敵人永遠凍住，所以我現在要展開速攻，給他致命一擊。」

聖哉接著拔起劍……

「狀態狂戰士・第二・八階段……！」

聖哉吸進一大口氣，以目前狂戰士的最大威力瘋砍冰山！冰山在劇烈的碎裂聲中化為細小的冰晶，往周圍四散紛飛！我搞不懂他在跟什麼戰鬥，只能茫然地看著細小如刨冰的冰晶灑落腳下。

……過了一分鐘後，冰山——不，修德拉爾化為如雪般亮晶晶的綿密物質。

「很、很好！這樣就完全獲勝了！」

都做到這種地步，相信聖哉也該滿足了。不過，話說回來，他每次都做得太過火啦！我不是不了解他的心情，也明白敵人要是復活會很麻煩，但真有必要這麼誇張嗎！

就在我暗自苦笑時，突然想到賽爾瑟烏斯從剛才就一直靜悄悄的。是對聖哉的謹慎感到傻眼嗎？還是對難度S＋的戰鬥感到畏怯？我好奇地回頭看賽爾瑟烏斯……卻嚇了一大跳。

沒想到，賽爾瑟烏斯的身體竟然也跟剛才的修德拉爾一樣，被厚厚的冰層覆蓋了！

「！聖哉！賽爾瑟烏斯受寒氣波及，也跟著凍結了！」

「嗯，大概是範圍太廣，把他也捲進來了。真會給人找麻煩。」

聖哉往地上用力一踏，賽爾瑟烏斯身上的冰就應聲崩解。從冰中誕生的賽爾瑟烏斯凍得嘴唇發紫，全身不停顫抖。

「好、好、好冷……！差點要凍死了……！」

「放心吧，不管是冷是熱，神都不會死的。」

「呃，可是，那個……我還是冷得很難受……！」

聖哉對裝可憐的賽爾瑟烏斯視若無睹，直接走向修德拉爾原本所在的雪地。

「雖然讓他變成粉狀了，我還是不太放心。乾脆燒掉好了。」

聖哉又轉換屬性，變回火焰魔法戰士，開始用地獄業火(Hell Fire)朝四周放火。

有、有完沒完啊……！還要繼續搞下去嗎！

這次聖哉善後的方式不是扔到地下，而是採最基本的焚化……不過基本上也沒什麼這麼做的必要。

我有點受不了，有人倒是對此感到高興。

「啊啊，好暖和！感覺好棒喔！」

賽爾瑟烏斯把雙手放在聖哉的火焰上取暖，形成一幅滑稽的景象。後來，聖哉突然熄掉火焰。

「啊啊，聖哉先生！又變冷了！再多升一些火嘛！」

「吵死了，安靜。我剛才聽到了聲音。」

經聖哉這麼一說，我也跟著側耳聆聽。我憑著比人類靈敏的耳朵，聽到了細微的腳步聲。從倒塌的房子後方，走出一個披著灰色長袍的男人。聖哉一看，表情立刻變得比對上修德拉爾時還緊繃。

「竟然是人類？怎麼可能，這半徑一公里內應該都沒有人類的生命跡象才對。」

聖哉難得露出了驚訝的表情，不過那個戴著連衣帽的美男子也顯得很吃驚。

「真不敢相信，一個人類居然能打敗那個炎天龍……」

這個人似乎一直躲著偷看聖哉戰鬥。他摘下帽子，露出讚嘆的表情，聖哉則拔劍備戰。不過，我覺得這個男人很面熟。

「那些龍人說有勇者和女神出現，看來是真的。」

男人舉起雙手，表示他沒有敵意。

「抱歉，我應該要先報上名號才對。我是舊羅茲加爾多帝國的帝國魔法師，名叫弗拉希卡。」

羅茲加爾多……是羅札利的國家！對了！弗拉希卡先生是羅札利和戰帝身邊的人！

「呃，我記得你是雷魔法師，對吧？」

「喔喔！我只是區區一介魔法師，沒想到您竟然知道我！這就是女神大人的神通力嗎！」

「呃，這個嘛，啊哈哈……對了，弗拉希卡先生，羅札利呢？羅札利她還好吧？」

「是的！公主目前仍健在！」

太好了！要是馬修和艾魯魯也過得好就好了……

「既然您知道我們，那就好辦了。希望您能現在就去見公主。」

「當然可以了！對吧，聖哉！」

見到羅札利後，一定能了解更多關於這個扭曲世界的事。我二話不說就答應了，但聖哉依然保持著戒心。

「在那之前，我有個問題要先問你。你是從哪裡出現的？我之前完全沒察覺到你的氣息。」

「我是用魔法從我們的伊古爾鎮移動過來的。所有倖存的人類都在那裡生活，我和公主也一樣。」

弗拉希卡用手杖在地上畫起魔法陣。

「這個移動魔法陣原本是龍人的祕儀。我們都是透過這個，在人類居住的大陸和龍人位於尤雷亞大陸的故鄉之間往返。」

我想起龍王母戰。在扭曲前的蓋亞布蘭德時，我、聖哉、馬修和艾魯魯就曾透過這個魔法陣，從龍的洞窟傳送到龍之鄉。

弗拉希卡並沒有說謊。但在弗拉希卡畫魔法陣時，聖哉一直趴在地上，像在找隱形眼鏡般鬼鬼祟祟地找東西。

「喂，莉絲妲，聖哉先生他在幹嘛？」

因為怕被弗拉希卡聽到，我對賽爾瑟烏斯耳語。

「你也知道聖哉他異常小心吧，他是在懷疑弗拉希卡先生的移動魔法陣是否安全。以前他也抓過蜥蜴，讓蜥蜴先通過魔法陣做測試。」

「什、什麼跟什麼啊？所以他是在找蜥蜴嗎……！」

找了一會兒後，聖哉搖搖頭。

「不行，找不到能用的生物……賽爾瑟烏斯，你先進去。」

「！把我當蜥蜴嗎！」

賽爾瑟烏斯不肯照辦。聖哉用冰冷的眼神看著他，喃喃發問。

「賽爾瑟烏斯，神是？」

「咦？你這話是什麼意思……」

「神是？」

「神、神是……神是……呃……不、不會死的……？」

「沒錯，去吧。」

「……好。」

嗚哇！竟然自己吐自己槽！好慘！

不過，如果賽爾瑟烏斯不在這裡，受這種殘酷對待的人或許就是我了。想到這裡，我心中對賽爾瑟烏斯還是抱有一點感謝的。

……弗拉希卡和賽爾瑟烏斯先穿過魔法陣，然後再一起回來。在這趟不知意義何在的往返後……

「好，那我們出發了。」

聖哉才終於願意穿過魔法陣。

從光輝閃爍的魔法陣出來後，我立刻感覺到一股寒意。雪花從灰濛濛的天空飄下，落在散布於這一帶的木屋屋頂上，靜靜地形成積雪。

「這裡就是伊古爾鎮。」

「嗚嗚……這裡好冷喔，好不容易才擺脫冰結魔法的說。」

我能理解賽爾瑟烏斯為何會抱怨。這次，籠罩四周的不是魔法的寒氣，而是大自然的寒意。弗拉希卡拉起長袍上的連衣帽，把頭蓋住。

「抱歉，兩地間的溫差很大。我們剛才是用魔法陣從艾多納鎮，傳送到了遙遠的北方寒帶地區——亞佛雷斯。」

「亞佛雷斯……等、等一下！這裡以前不是魔王的根據地嗎！」

「您說得沒錯。即使魔王已死，其餘威仍殘留在這塊大陸上，因此我們布下強大的結界，讓人們得以逃過龍人的魔掌，在這裡存活下來。」

以前聖哉和我跟魔王進行決戰的戰場，竟成了人類賴以苟活的地方……總覺得有點不可思議。

「話說回來，能來到人類的聚落實在太好了，這樣終於能安頓下來了。」

我點頭贊同賽爾瑟烏斯的話，並再次環顧四周。在積雪的樹林旁，有一群衣衫襤褸的人遠遠地看著我們。在那群人之中，男女老幼皆有，他們身上的衣著十分單薄，大概僅能勉強禦寒。就連在伊克斯佛利亞的地下生活的「希望之燈火（Little Light）」的居民穿的都比他們像樣些。

「感覺這個鎮的問題也很多呢，聖哉……咦！」

我向聖哉搭話，卻嚇了一大跳！聖哉身上冒出靈氣，頭髮染成紅色！

「你、你幹嘛突然發動狀態狂戰士啊！」

「妳看那個。」

我看向聖哉的視線前方，發現嘴巴裂至耳際的惡魔們混在人群中，大大方方地走來走去！

「不會吧！是惡魔！竟然有惡魔！」

「這、這個鎮到底是怎麼了！」

我和賽爾瑟烏斯忍不住大叫，弗拉希卡卻露出平穩的微笑。

「請兩位放心，他們沒有敵意。我們能在這裡安全地生活，都是託他們的福。正因為人類和惡魔攜手合作，才能打造出連神龍王都無法干預的強大結界。」

「那你們是和惡魔一起生活嘍！」

「沒錯，伊古爾是人魔共存之鎮。」

太、太扯了！世界究竟要扭曲到什麼程度，才會變成這樣啊！

看來這個由神龍王掌控的扭曲世界，跟我和聖哉所熟知的蓋亞布蘭德已經相差十萬八千里了。

就在這時，我突然感到背脊發冷。這並非低溫所致，這種類似恐慌的感覺，是由強大的怪物散發的邪氣造成。不出我所料，有個惡魔走過雪地靠近我們，並用性感的聲音發問。

「弗拉希卡，他們就是傳聞中的勇者和女神大人吧～」

與橫行於四周的惡魔相比，其外觀有著明顯的不同。氣溫明明很低，發話之人卻穿著類似泳裝的衣服，有一頭鴉羽般的漆黑秀髮，以及妖豔的臉孔。

——怎、怎麼可能是她……！

聖哉把手放在劍鞘上，擺出備戰姿勢。在這一觸即發的緊張氣氛中，眼前的惡魔露出溫柔的微笑，說出好像在哪裡聽過的台詞。

「由女神所選出，來自其他次元的勇者大人，幸會～我是前魔王軍直屬的四天王之一，名叫凱歐絲·馬其納～」

第十二章　救世主

雪靜靜落下，越積越深，眼前的惡魔露出毫無敵意的柔和笑容。

——是凱歐絲．馬其納！她不是被聖哉大卸八塊了嗎！

這裡是歪曲的蓋亞布蘭德。如果我和聖哉如龍人所言沒有出現，那凱歐絲．馬其納當然也還活著。雖然理智上知道是這樣，但看到以前殺掉的魔物就在身旁，心裡還是毛毛的。

看到聖哉拔劍出鞘，一副隨時要砍人的模樣，凱歐絲．馬其納伸出鮮紅的舌頭，舔了舔嘴唇。

「哎呀，人家好怕喔～我們好好相處嘛～」

弗拉希卡連忙介入聖哉和凱歐絲．馬其納之間。

「勇、勇者大人！請您把劍收起來！我剛才說過了，我們和惡魔是合作關係！」

「沒～錯、沒～錯，就是～這樣～這都是為了打倒可恨的龍族～」

「……惡魔的話哪能信。」

我不像聖哉那麼謹慎，卻也有同樣的心情。賽爾瑟烏斯躲在聖哉背後，點頭如搗蒜。

「的確，也難怪您會不相信……凱歐絲．馬其納，那個妳有帶在身上嗎？」

「喔，有啊～」

凱歐絲・馬其納從胸前取出一張陳舊的紙。弗拉希卡把紙拿給我們看，紙的正中央畫有魔法陣和血紅的文字。

「『惡魔絕不會危害人類，並以生命對此盟約發誓』——上面的古代文字是這麼寫的。」

「呵呵，這個啊～叫做人魔協定（Testament），是前魔王軍參謀奇爾卡布爾大人做的。」

「是、是奇爾卡布爾……！」

「就是那個假扮成道具店老闆的矮人魔物嗎？」

聖哉眉頭緊皺。當初靠瓦爾丘雷大人的破壞術式「天獄門」才勉強打倒的死神——克羅斯德・塔納托斯，就是這個四天王召喚出來的！

「用那種盟約書，感覺更可疑了。」

「勇者大人疑心病還真重呢～聽好了，這是有魔力的盟約。萬一有惡魔背棄盟約殺害人類，他自己也會死的～」

我的確從盟約書上感受到了強大的魔力。為了保險起見，我發動鑑定技能……更加確定了凱歐絲・馬其納那句「一旦背棄盟約，惡魔也會跟著喪命」是真的。至高神布拉夫瑪大人給我的召喚名單也一樣，只要單子上寫著無法召喚聖哉，我就完全沒轍。由此可知，用強大的魔力或神力做出的盟約書，本身就擁有強大的約束力。

……但聖哉壓根不信。

「這種東西的內容要怎麼改都行。」

「不可能啦～一旦寫下盟約就不能修改了～」

「反正你們是打算如果苗頭不對，就用蠻力毀掉吧？」

「這個盟約是絕對無法破壞的啦～」

「哦，那妳把它放在那裡。」

聖哉往地上的盟約書看了好一會兒後，就戴上皮手套，用雙手拿起盟約書。

「……哼。」

他發出稍微用力的聲音，看似想扯破盟約書，但那張薄薄的紙卻紋風不動。

「狀態狂戰士・第二階段。」

聖哉喃喃開口，紅黑色的靈氣從身上往外擴散！凱歐絲・馬其納和弗拉希卡忍不住後退。

「哦～這就是勇者的力量啊～！」

「好驚人啊……！」

當兩人驚呼時，聖哉仍繼續用盡全力撕扯那張紙片。他跟盟約書搏鬥了整整一分鐘，盟約書卻連一丁點兒也沒破。但聖哉仍不死心……

「……爆殺紅蓮獄。」

「第一破壞術式（First Valkyrie）『掌握壓壞（Shattered Break）』。」

即使他接連使出上級火焰魔法和破壞術式，盟約依然毫髮無傷。

「聖、聖哉，凱歐絲·馬其納說的是實話！這個盟約書是弄不破的！」

「呵呵呵，我就說吧～不管怎麼做都沒用的～」

聖哉往一臉愉快的凱歐絲·馬其納瞪了一眼。

「不，還沒完……！只要使出天獄門，或許就能粉碎它了……！」

「！這麼做你也會粉碎的！為什麼要這麼拚命啊！」

聖哉應該覺得很不甘心吧，還用鼻子「哼」了一聲別過臉去。看來他也不得不投降了。反正他也不是笨蛋，不至於為一張紙賠上性命吧……

看到聖哉這樣，弗拉希卡似乎於心不忍，連忙擠出僵硬的笑容。

「勇、勇者大人，實證比理論更重要啊！我們和惡魔長久以來都一起生活，從沒發生過爭執！而且締結這個盟約時，賢者們也慎重地再三討論過，把整個內容從頭到尾徹底調查過了！就連擁有魔王級魔力的惡魔都無法毀棄這個盟約！」

「不管你怎麼說，我就是不相信。」

「聖哉！再吵下去也沒有結果，先到此為止吧！……吶，弗拉希卡先生，等下你會帶我們去見羅札利吧？」

「是啊，我本來就這樣打算。」

聖哉咂了下舌。

「那就快讓我們見面，別浪費時間。」

「！是你自己找盟約的碴，才會拖這麼久的……！」

「好任性的勇者喔～那我就帶你們到公主那裡吧～跟我來～」

我們走在凱歐絲．馬其納身後，跟她保持著一小段距離。在一棟棟看似腐朽的木造房屋四周，人和惡魔一起合力剷雪的景象映入眼簾。

——他們真的一起生活呢，總覺得這景象很奇妙。

這時凱歐絲．馬其納突然回頭望向賽爾瑟烏斯。

「我從剛才就一直很好奇……你是跟他們同行的人類嗎？」

「！我也是神啦！」

「咦～？真的嗎～？」

「是真的啦！感覺到神靈之氣就該知道吧！」

「哦～這樣啊～是神呀～很好啊～」

「妳這是看不起我嗎！喂！」

我看著凱歐絲．馬其納和賽爾瑟烏斯交談，並對聖哉耳語。

「我的確沒從她身上感覺到殺意，雖然她在取笑賽爾瑟烏斯。」

「別大意，莉絲姐。妳透視那傢伙的能力值看看。」

「咦？」

我照聖哉的話發動能力透視。

凱歐絲・馬其納

Lv：87

HP：156749 MP：8578

攻擊力：145871 防禦力：142180 速度：135789 魔力：6666

成長度：845

耐受性：風、水、火、土

特殊技能：魔劍（Lv：MAX）

特技：魔神咒殺劍（Demoniac Cursed）

性格：殘忍

「……看到了吧，她的能力值比以前高很多。」

「真的耶！為什麼？」

「這裡是扭曲的世界。既然神域的勇者把狀態狂戰士提高到超越極限，凱歐絲・馬其納大概也得到了原本沒有的力量吧。」

「這到底是怎麼辦到的……？」

「誰知道。總之不管接下來發生什麼事，見到什麼人，妳都不能掉以輕心。」

「這、這我當然知道！」

凱歐絲·馬其納的性格還是維持殘忍。用不著聖哉提醒，我也會對鎮上的惡魔提高警覺，但聖哉還是用嚴厲的眼神看我。

「我是說『不管見到什麼人』，妳真的明白嗎？」

「咦？」

「……我們到了。」

我跟聖哉交談到一半時，弗拉希卡指向一棟像廢墟的簡陋小屋要我們看。

——羅札利竟然在那種地方嗎？

羅札利是羅茲加爾多的公主，我還以為她會像以前一樣住在城堡裡。

我們被帶進小屋，屋裡比我想得寬敞，一群臉孔黑黑髒髒的士兵圍著火堆休息，在他們正中央有個女子。弗拉希卡向女子說明我們是女神和勇者，女子則一直用銳利的眼神盯著我看。她只有一隻眼睛，左眼戴著黑色的眼罩。

「妳、妳該不會就是……羅札利吧？」

「我就是羅札利·羅茲加爾多。」

她的嗓音沒變，但美麗的藍髮染成雪白。破舊的盔甲、眼罩、疲憊的神情……感覺簡直判若兩人。但看到認識的人，我還是鬆了口氣，向她搭話。

「看來妳吃了不少苦呢，羅札利，感覺變得很成熟呢。」

「妳的口氣真奇怪，我跟妳是第一次見面吧？」

「對、對喔！真是抱歉！」

「而且三十歲的人應該夠成熟了。」

「咦……妳已經三十了嗎！」

奇怪！羅札利的年紀不是要更輕嗎！

聖哉在我身旁喃喃自語。

「看來連時間也扭曲了，所以才會變成『老羅札利』。」

「……誰是『老羅札利』啊。」

羅札利瞪著聖哉。弗拉希卡察覺氣氛不對，連忙對羅札利說：

「這位女神大人和勇者大人，打倒了那個炎天龍修德拉爾呢！」

羅札利微微挑眉。過了半晌後，她重重地嘆了一口氣。

「既然要來的話，應該在人類面臨危急存亡之秋時來才對。現在我們不需要女神和勇者了。」

「我、我們有來啊！是我和聖哉在蓋亞布蘭德打倒魔王的！」

「我不太懂妳的意思。」

「所以我說，就是……這個蓋亞布蘭德並非真的蓋亞布蘭德——」

「這裡不是蓋亞布蘭德又是哪裡？」

我有理說不清。聖哉伸出一隻手制止我。

「沒用的，莉絲妲。這個羅札利不是我們認識的那個女人。不只是年齡……連性格和能力值也都不同。」

我發現聖哉目光如炬地看著羅札利，也連忙透視她的能力值。

羅札利・羅茲加爾多

Lv：68

HP：127542　MP：9865

攻擊力：175415　防禦力：158644　速度：165431　魔力：857

成長度：72

耐受性：火、水、冰、闇、毒、麻痺

特殊技能：闇之加護（Lv：9）

特技：暗黑突刺（Darker Thrust）

性格：虎視眈眈

——好、好強！而且……「闇之加護」？怎麼跟我以前看到的羅札利的能力值完全不同！

凱歐絲．馬其納似乎知道我和聖哉在透視能力，露出意有所指的笑。

「很驚訝嗎～？公主可是比我還強喔～」

「為什麼她的力量這麼強大……？」

「這個嘛，可以說是『惡魔的恩惠』吧～」

「惡魔的恩惠？」

凱歐絲．馬其納見羅札利以嚴厲的眼神看她，立刻閉口不談。我很想知道詳情，但那似乎是羅札利不太想提及的內容。

「算了，沒關係。我先確認這裡的時間跟真正的蓋亞布蘭德相差多少。」

聖哉跟羅札利面對面，開口詢問。

「你們跟魔族是從什麼時候開始聯手的？」

「是在神龍王打倒魔王，開始統治龍族的三年後。在那之後的這十年間，為了不被龍族滅族，我們一直保持合作。」

「勇者不但沒出現在這個世界……時間還多過了十年以上……！」

賽爾瑟烏斯跟我一樣詫異，在我背後發出呻吟般的驚呼。

「我們不是只會膽小地到處逃竄，而是把這個鎮當成據點，布下移動魔法陣，趁隙幹掉了許多龍人……當然，我們受到的損害也很大。」

羅札利似乎想起了辛酸的過往，不禁咬牙切齒。

「神龍王的力量強到無法想像，就連前魔王軍參謀奇爾卡布爾賭命召喚的超概念死神克羅斯德・塔納托斯，都在神龍王的劍下化為烏有。」

「！那個塔納托斯嗎！」

塔納托斯是聖哉當年無法對付，只好在神界靠瓦爾丘雷大人用了最強奧義天獄門，才終於解決的強敵！神龍王竟然自行打倒它了嗎！

「即使如此，我們還是必須打倒神龍王，所以才為此花了漫長的歲月做準備。」

「準、準備？」

就在我反問時……

「抱歉打擾各位了！」

人類士兵衝進小屋，上氣不接下氣地向羅札利報告。

「魔、魔、魔封岩……魔封岩出現裂痕了！」

圍繞羅札利的士兵們一聽，立刻露出亢奮的表情。

「終、終於……！」

「我們的夙願快要實現了！」

「沒錯，還差一點，救世主就能復活了……！」

羅札利一語不發，只是用力地點了下頭，看向我和聖哉。

「我要感謝你們打倒修德拉爾和他的龍人手下，是你們讓復活提早了。」

「提、提早什麼？」

凱歐絲・馬其納發出充滿愉悅的笑聲。

「十多年的辛勞總算有了成果～超越前魔王的傳說級惡魔終於要復活了～！」

「！傳說級的惡魔！羅、羅札利！妳竟然想讓那種危險的傢伙復活嗎！」

「這一切都是為了對抗神龍王。」

「就算這樣也不行啊！」

羅札利突然用她的獨眼瞪我。

「妳根本不知道龍族有多可怕！那些傢伙信奉聖天使教，還遵從教義虐殺人類！我的父親沃爾克斯・羅茲加爾多就是被活生生挖出內臟死的！」

「戰帝他……？怎麼可能……！」

羅札利調整眼罩，試圖讓激動的情緒冷靜下來。

「再過不久，我們人魔聯軍就要和龍族展開最後的聖戰。」

「那、那麼，不管怎樣，我和聖哉都要參戰！」

「神龍王德拉哥奈特的力量之強，沒有任何人類能與之抗衡，就算是勇者也無能為力。」

「可是聖哉能變成狂戰士，還輕鬆大勝修德拉爾——」

「不用了。這場長達十餘載的戰爭，是我們要打的。」

聖哉突然把我的肩膀往後一拉。

「別管了，莉絲妲。本人都說要自己打了。」

「可、可是……！」

那個神龍王德拉哥奈特，正是蓋亞布蘭德扭曲的主因！對我和聖哉來說，那也是非打倒不可的強敵。

但聖哉卻在我耳邊低語。

「神龍王和人魔聯軍——如果能打到兩敗俱傷，那事情就解決了。」

「！你的想法怎麼這麼得過且過啊！」

「我不是常說『不戰而勝是為上策』嗎？」

「聖哉，你可是勇者耶！這麼想也未免太——我說賽爾瑟烏斯，你也說句話啊！」

「呃，這麼說也沒錯啊！要是他們兩敗俱傷，我們就輕鬆了！我舉雙手贊成！」

「！你……！不，你們兩個……！」

正當我對道德感薄弱的勇者和朽木不可雕也的男神感到傻眼時，羅札利一臉嚴肅地凝視天花板。

「『跟惡魔一起活下去』——自從做了這個決定後，已匆匆過了十餘載。我的左右手巴特和卡爾洛爺爺……好多夥伴都死了。不過，這些苦難終於有了回報……」

羅札利平靜地道。從她身上散發出的魄力，讓我忍不住倒吞口水。夥伴和父親都慘遭殺害，又忍辱負重了這麼長的歲月，我實在無法想像那股意志要有多堅強。

「我要打倒他！一定要打倒他！我們人類以及魔族的宿敵，最大的災禍，既殘忍又冷酷的——」

羅札利以充滿憎惡的語氣接著說：

「神龍王馬修·德拉哥奈特……！」

咦……馬修……？

第十三章　交給別人

「羅札利，請問一下……馬修是……？」

「馬修·德拉哥奈特，這是神龍王的名字。」

一聽到馬修這個名字，我腦中浮現的是那個棕髮上綁著頭帶，總是開朗活潑，朝氣十足的男孩。

凱歐絲·馬其納展現惡魔的本性，眼眸迸出猙獰的光輝。

「那個龍人甚至把一起長大的母龍人變成自己的劍，殺了數不盡的惡魔和人類……！」

——一起長大的龍人！不就是艾魯魯嗎！也、也就是說，那把劍是……聖劍伊古札席翁！

我原本還希望是哪裡誤會，但這個希望被狠狠砸碎了。不會錯的！神龍王就是馬修！而且……天啊！艾魯魯竟然已經不在這個世上了……！

我不禁方寸大亂，聖哉卻用冷靜的語氣問羅札利：

「我想確認一下，那個母龍人是叫『艾魯魯』沒錯吧？」

「對，她死後被那些龍人稱為聖天使，當成神明供奉。」

這事實對我而言十分驚悚，但聖哉絲毫不顯驚訝。

「我早就想到了。如果要說有哪個武器能打倒死神塔納托斯，以及用兩次天獄門才解決的魔王，大概也只有伊古札席翁了。」

「那麼，馬修是真的把艾魯魯給……」

「殺了」——這句話實在太可怕，我怎樣也說不出口，腦中陷入一片混亂。可是，就算是用伊古札席翁好了，憑馬修的實力真能打倒那個魔王嗎？再說，伊古札席翁不是勇者才能用的劍嗎？

聖哉輕輕呼出一口氣。

「這代表，如果要把這個扭曲世界復原，就非得阻止馬修不可。」

「啊……沒、沒錯！」

聽到聖哉這麼說，我用力點頭。沒、沒錯！聖哉說得對！是必須「阻止」，而不是「打倒」！

我們知道真正的馬修是什麼樣子。縱使有點好勝，他依然是個坦率的好孩子。可是，在我和聖哉沒有出現的蓋亞布蘭德，馬修或許因為獨自承擔了所有苦難，所以精神上出了問題。我想阻止馬修的暴行，但跟現在的羅札利說這些，應該也毫無意義吧。

「如果是這樣，那就更應該幫忙了！羅札利！我們也要一起戰鬥！」

「……我剛才不是拒絕了嗎？」

「聖哉很強的！他能成為人魔聯軍的一大戰力！」

「他打倒修德拉爾那件事的確值得讚賞。不過在這十年間，我們也成功討伐過幹部級的龍人，把他們的數量減到剩下一半。說得極端一點，像修德拉爾那種程度的龍人，只要我和凱歐絲．馬其納聯手，要打倒他並不是不可能。」

「由羅札利妳嗎？呃，再怎麼說也……」

我所認識的羅札利，感覺就跟衝動聖哉一樣，是個大言不慚，不知人間險惡的公主。不過眼前這個女子散發出的氛圍，讓我不禁倒抽了一口氣。

——也、也對，這個羅札利的魄力的確驚人！而且能力值也確實強得不像人類……！

羅札利不理會欲言又止的我，把手放上凱歐絲．馬其納的肩膀。

「不管了，我要去看魔封岩的情況。」

「好啊，走吧～走吧～」

「喂、喂！等等我們啊！」

看到羅札利拋下我們走出去，我也連忙追在她的身後。

「……抱歉，請原諒公主的無禮。」

羅札利和凱歐絲．馬其納走在雪地上，我們跟在她們後頭，中間隔了一小段距離。弗拉希卡向我們低頭道歉。我苦笑一下後問他：

「弗拉希卡先生，羅札利是打算讓什麼魔物復活？」

「是路西法．克羅。以前魔王對此魔物感到畏懼，用強大的闇之力加以封印，可說是傳說級的魔物。路西法．克羅的特技是魔法弓，據說她射出的箭，能從艾伊涅斯平原飛到古拉斯特拉山。」

「讓、讓那麼危險的魔物復活真的好嗎？不會反過來襲擊人類嗎……」

「要讓復活的路西法．克羅了解我們人魔目前的狀況，的確可能會有困難。不過就算有什麼萬一，至少還有人魔協定在。」

「這樣啊……」

在聖哉的蠻力下也毫髮無傷的盟約，似乎是他們的心靈依靠。這時，我不經意地發現賽爾瑟烏斯正在發出「唔——」的悶哼，就對賽爾瑟烏斯耳語。

「你也覺得讓魔王懼怕的魔物復活很奇怪吧？」

「這個嘛……話說回來，馬修就是我以前教過的那個小孩吧？我實在無法想像他會是統治這個世界的暴君呢。」

「喔喔，原來你在想這件事啊。其實我也這麼覺得呢。」

「如果是那個馬修，跟他用談的也許行得通吧？」

「嗯，說不定他是被什麼壞人操縱了。我們應該讓馬修清醒，而不是打倒他才對……你說是吧，聖哉！」

我對聖哉微笑，他卻一語不發地繼續前進。

「咦？聖哉？」

就在我們東扯西扯時，羅札利在巨大的石造建築物前停下腳步。這棟建築物很氣派，跟寒酸的伊古爾鎮格格不入。拿著長槍站在入口的牛頭惡魔向羅札利行禮。

隨弗拉希卡走進建築物後，我嚇了一跳。一群外表各異的惡魔如守衛一般，圍繞著某個全長約五公尺的巨大黑色物體。

「那、那就是魔封岩嗎？」

那與其說是岩石，更像是水晶。漆黑的表面有細細的裂痕，感覺像快孵化的蛋，隨時會有東西破殼而出。

羅札利看了裂痕後點點頭，詢問一旁的某個惡魔。

「還要多少才能復活？」

「大概要一百吧。」

「這樣啊，一百嗎……終於走到這一步了。」

凱歐絲．馬其納開心地拍手。

「照這個進度來看，等惡魔之劍結束遠征後，路西法．克羅大人應該就能復活了～！」

凱歐絲．馬其納的這句話，讓在場所有惡魔都發出渾厚的歡呼聲。在魔封岩四周開心鼓譟的惡魔，以及從龜裂的魔封岩中冒出的可怕靈氣——都讓我腦中充滿不祥的預感。

「我說……還是別讓這個復活比較好吧……」

我戰戰兢兢地勸告羅札利。周圍的氣氛頓時一變，羅札利也臉色大變。

「讓路西法．克羅復活，是我們人魔長久以來共同的心願！」

「我、我都說了，就算不做這種事，聖哉也會——」

「住口！我不是說不需要勇者嗎！」

她露出猙獰的表情，一把揪住我的胸口。

「噫！」

「事到如今才在那邊囉哩囉嗦！為什麼不在十三年前人類面臨存亡危機時來呢！一切都已經太遲了！」

我說不出「有來過了！」。不管我們說得再怎麼冠冕堂皇，我和聖哉沒來這個扭曲蓋爾布蘭德依然是不爭的事實。

「勇者和女神我都不需要！而且……」

羅札利把我放開，指向一旁侷促不安的賽爾瑟烏斯。

「像那種普通的人類戰士，也派不上什麼用場！」

「！真沒禮貌！我可是神耶！再說，就算能力值再怎麼高，妳自己才是普通的人類吧！」

「……我已經不當人類了。」

「啊？妳這個女人到底在說什麼！」

羅札利無視咄咄逼人的賽爾瑟烏斯，喃喃開口。

「封印解除（Release）。」

就在下一秒，羅札利高舉的右手冒出尖銳的爪子，手臂也變成紅黑交錯的雜色！從那隻手上散發出的是……

「嗚喔！是邪氣，好可怕！」

對方明明什麼也沒做，賽爾瑟烏斯卻彷彿受到攻擊般，往後退了一大步，在地面滾了幾圈，再匍匐前進到我背後，飛快地躲起來。呃，他明明是劍神，怎麼會嚇成這樣啊！

羅札利用獨眼看著自己變色的醜陋手臂，笑容中透出一絲自嘲。

「將惡魔之力寄宿於人類之身——這是應用了前魔王軍四天王死亡馬古拉的技術的成果。為了對抗龍人，我得到了這樣的力量。」

死亡馬古拉……就是他製造了一萬個不死者，以及物理攻擊和冰以外的魔法都無效的怪物達克法拉斯的吧！

「羅札利！妳這麼做身體不會出問題嗎！」

「這我就不知道了。」

「怎麼可以不知道呢！」

「我的身體怎樣都無所謂。哪怕此身墮落於黑暗，我也要打倒神龍王。我的決心跟你們完全不一樣。」

她話說得很重，讓我無言以對。周圍的惡魔也跟羅札利一樣瞪著我和聖哉，寬闊的廢屋中頓時充滿火藥味。這時，凱歐絲．馬其納微微一笑。

「公主，妳也真是的～別這麼說嘛～虧勇者和女神大人都特地來助妳一臂之力了耶～」

她和羅札利對看數秒後，羅札利恍然回神，向我們低頭道歉。

「抱歉，是我失言。我只是在想，當初你們要是早點來蓋亞布蘭德就好了，所以才忍不住……不過，你們應該也有自己的苦衷吧。」

「是、是啊……算是吧……」

「希望你們能原諒我的無禮。你們確實是寶貴的戰力，這一點我深信不疑。」

哦……被凱歐絲．馬其納唸了幾句後，她似乎稍微恢復冷靜了。人類和惡魔間真的產生了互信關係呢……

「女神和勇者啊，你們願意幫助我們人魔聯軍嗎？」

「嗯！我很樂意！」

就在我放心地這麼回答時，聖哉突然露出嚴厲的表情。接著——

「鳳凰自動追擊。」

聖哉一開口，就有十幾隻火鳥從他身上飛出來，在廢屋裡盤旋！

「！聖、聖哉，你幹嘛突然這樣！」

不只是我，連羅札利和惡魔們都嚇了一跳，做出防禦動作。聖哉若無其事地說：

「因為這裡很冷。這樣很暖和吧？」

羅札利的獨眼睜得大大的，盯著那一大群飛來飛去的火鳥看。

「說、說得也是……那股熱氣的確讓這裡變暖和了……」

羅札利露出像在說「莫名其妙」的表情……而我也完全搞不懂聖哉的用意！只因為冷就放出鳳凰自動追擊？這到底是怎麼回事啊！

但聖哉也不多做解釋，直接轉身背對羅札利他們。

「我想去鎮上的道具店和武器店看看……先走了。」

「等、等一下！等等我啊，聖哉！」

我和賽爾瑟烏斯把一臉茫然的羅札利留在原地，追著聖哉跑出廢屋。

「……喂、喂！那是什麼！」

「火的魔法鳥嗎！」

「那個人為什麼要帶那麼多那種東西啊！」

不管聖哉走到哪裡，伊古爾鎮的人和惡魔都會吃驚地回頭看他。也難怪他們會這樣，現在有幾十隻鳳凰自動追擊在我們周圍和頭上飛來飛去，發出啪沙啪沙的振翅聲。我和賽爾瑟烏斯跟在聖哉身後，一下說「喔呵呵，這些鳥很暖和呢」，一下說「哎呀，就跟寵物差不多呢，哇哈哈哈哈」，努力替自己找些莫名其妙的藉口。等我們終於走到沒人的地方時，我試著問聖哉：

「吶、吶，聖哉，如果你真的那麼冷，要不要從道具袋裡拿外套出來穿？我記得袋子裡應該有……」

「不用，我又不冷。」

「咦！那你為什麼要這樣做！」

「鳳凰自動追擊是用來自我防衛的。」

「自我防衛？」

「妳果然聽不懂我剛才那句話的意思。我有說『不管見到什麼人都不能掉以輕心』吧，所以對羅札利當然也要一視同仁。」

「你、你的意思是……羅札利會襲擊我們嗎！」

「是有這個可能。她原本那麼生氣，卻在跟凱歐絲．馬其納交談後明顯改變了態度。」

「可是，我沒感覺到任何敵意啊。」

「剛才羅札利雖然展示了惡魔的手臂，但能力值上卻沒有『封印解除』這個技能。」

「的、的確是！那個好像不是特技或咒語之類的……」

「她可能也用同樣的方式隱藏了敵意，總之我們絕不能大意。」

我不太能想像直腸子的羅札利會欺騙我們，不過這世界的馬修和羅札利也不是我們熟知的那兩個人。

——聖哉說得有道理！如果羅札利跟馬修一樣變得怪怪的，我們也必須「阻止」她才行！

正當我這麼想時，聖哉用冰冷的眼神看向天空，斬釘截鐵地說：

「如果會對攻略蓋亞布蘭德造成阻礙，不管是馬修還是羅札利，我都照殺不誤。」

「！咦咦咦咦咦咦咦咦咦咦咦咦咦！不是要阻止他們嗎？」

「嗯，是要阻止沒錯。阻止他們活下去。」

「！原來阻止的意思是要他們的命嗎！」

這實在不像勇者該說的話，讓我聽了忍不住大叫。但聖哉的表情非常認真，還反過來狠狠瞪我。

「我才想問妳，妳剛才都在說什麼傻話？雖然冥王的說詞我不是全盤相信，但我自己也在死皇戰中體驗過扭曲世界。這裡毫無疑問就是梅爾賽斯所做的虛幻世界，而馬修如果是這個世界扭曲的原因，就得殺了他——事情就是這麼單純。」

「嗚……」

「為了真正的馬修和羅札利，我們必須盡快粉碎這個扭曲的幻想世界。」

聖哉的話很有道理，我根本無從反駁。他接著遠眺，並用手指指向羅札利他們所在的方位。

「……沒錯，這件事就由人魔聯軍的那些人來完成。」

「！聖哉，你不出手嗎！」

「既然他們想做，交給他們就好了。如果老羅札利和惡魔們能替我們打倒馬修，這樣不是很完美嗎？」

「那、那你到底要做些什麼？」

「這個嘛，我就隨便找個『我來守護這個鎮』之類的理由，再利用這段時間研究對抗梅爾賽斯的方法吧。」

「也就是說你又要回冥界了嗎！」

「嗯，不過在那之前，我要先去鎮上逛逛，雖然應該不會有多大的收穫，但還是以防萬一。」

聖哉朝鎮中心走去，我望著他寬闊的背影嘆了口氣。

「唉，他完全袖手旁觀呢。」

賽爾瑟烏斯一聽，用覺得不可思議的表情看我。

「可是，我倒覺得他的想法沒有錯。無論這世界發生什麼事，只要放著別管就好，反正都是梅爾賽斯製造出的幻影嘛。」

「或許是這樣沒錯，可是……」

雖然我半同意賽爾瑟烏斯的話，但還是無法心安理得。

——就這樣隔岸觀火真的好嗎？

……靠聖劍伊古札席翁稱霸這世界的神龍王馬修，以及為了對抗他，試圖讓魔物路西法・克羅復活的人魔聯軍——這兩方的決戰即將來臨。

雖然聖哉一副事不關己的態度，不過現在的扭曲蓋亞布蘭德已是山雨欲來之勢。

第十四章　模仿

我和賽爾瑟烏斯跟在聖哉背後，在積雪的道路上前進。大概是鎮民有在剷雪的關係，路挺好走的。不久後，我們走到寬敞的道路上，兩旁都是成排的木造房屋。那些房屋都很破舊，好像隨時會被積雪的重量壓垮一樣，不過路上有很多人類和惡魔來來往往，是我到目前為止看過最朝氣蓬勃的景象，這裡應該就是伊古爾鎮的中心地區。

「唔，那是道具店嗎？」

聖哉瞇起眼睛看向前方，那裡的確有個像道具店的招牌。我們打開木門，走進像山間小屋的店內，貨架上擺滿藥草等道具，牆上也掛著劍和盾。

「哦，也有賣武器呢，這裡好像雜貨店喔。」

老闆似乎不在，我們便自顧自地看起架上的貨品。大概是因為和惡魔共同生活的關係，其中也有看似用來施咒的恐怖道具。但聖哉料得沒錯，貨架上的確沒什麼對冒險有幫助的物品。在店內逛了一會兒後，突然從店後面傳來喀噠喀噠的聲音，一個年輕女孩衝了過來。

「不、不好意思！歡迎光臨！抱歉讓各位久等了！」

那女孩年紀大約十到十五歲之間，頭髮紮成兩邊，臉上帶著雀斑，看起來稚氣未脫。她是在這間店幫忙的嗎？

我對這個低頭行禮的青澀少女印象不錯，但聖哉卻對她露出傻眼的表情。

「妳真是粗心大意。要是我是盜賊，這家店的道具和武器早就全沒了。」

「真的很不好意思！我在後頭清點要上架的貨品……啊、咦……盜賊？」

女孩看著聖哉和賽爾瑟烏斯，表情變得很僵硬。

「等一下，聖哉！你幹嘛亂講話，害人家都誤會了！不是啦！我們不是盜賊！這個人是勇者，我是女神，至於這個肌肉男也算是個神……咦，奇怪？」

我仔細端詳那女孩的臉，突然有種似曾相識的感覺。

「我問妳喔，我們有在哪裡見過嗎？」

「應該沒有……」

「我是女神莉絲妲黛，妳叫什麼名字？」

「我叫妮娜。」

「妮娜……妮娜？妳說妳叫妮娜嗎！妳以前是不是住在艾多納鎮？」

「是、是啊，沒錯！艾多納是我和父親的故鄉！」

即使年齡不同，還是能從長相認出來。還記得當時我是第一次召喚聖哉，後來我們剛到蓋亞布蘭德沒多久，就馬上認識一個年幼的女孩，那女孩就是妮娜。

「嗚哇！沒想到妳都長這麼大了！」

「莉絲姐，妳好像住在隔壁的大嬸喔。」

「誰、誰是住在隔壁的大嬸啊！」

我瞪了賽爾瑟烏斯一眼。不過，看到認識的小女孩長大就這麼高興，要說像大嬸或許也挺像的。

等我回過神時，妮娜正用閃閃發亮的雙眼看著我。

「您真的是女神大人呢！竟然連我這種人都知道！」

「啊、呃，這該說是偶然嗎……對了妮娜，妳是在雜貨店工作嗎？」

「是的，是羅札利大人給我這個工作的。」

「羅札利給的？」

「羅札利大人把殘存下來的人都叫來這個鎮上。以前我和父親在各地流浪，躲避龍人的追殺，直到五年前來伊古爾後，才好不容易安定下來。我真的非常感謝羅札利大人和凱歐絲．馬其納大人。」

在我所知的蓋亞布蘭德，妮娜的父親差點遭凱歐絲．馬其納殺害，但這個世界的妮娜卻說很感謝凱歐絲．馬其納。唔——命運真是不可思議呢。

「對了，妳父親呢？也跟妳一起開店嗎？」

「不，父親他不久前去世了……」

「這樣啊……」

這個鎮感覺很安全啊……是因為生病？還是受傷？不管原因為何，我都問了一個不該問的問題。

當氣氛被我弄得有點感傷時，聖哉把一堆武器和道具一股腦地放上櫃檯的聲音剛好化解了這份尷尬。

「雖然都是些很弱的武器，以及看起來沒啥用的道具，但用在合成上說不定會大放異彩，我還是全買好了。」

「等一下，聖哉！我們現在沒有蓋亞布蘭德的貨幣喔。」

「放心，我已經準備了能代替錢的東西。」

「咦？」

聖哉從懷中取出物品，放在妮娜面前。

「……是賽爾瑟烏斯的角。」

「！怎麼又是那個！」

就算在冥界很貴重，也不一定全世界通用啊！又不是金子或白金！

我抱著這個想法看向妮娜，發現她瞪大了雙眼。

「這、這是魔神的角嗎！多麼稀有啊……！請讓我用高價向您收購！」

「竟然視如黃金嗎！賽爾瑟烏斯的角真厲害啊！」

「嘿嘿……！」

賽爾瑟烏斯不知為何紅了臉頰，還得意洋洋地雙手抱胸。呃，這有什麼好驕傲的！又不是你有多偉大！

正當我對賽爾瑟烏斯感到倒胃口時，聖哉把剛買的幾十把劍統統推給賽爾瑟烏斯。

「賽爾瑟烏斯，這些你來拿。」

「咦咦，要、要拿這麼多嗎！」

「你不是劍神嗎？拿去。」

「因為是劍神就得拿很多劍，這是哪門子的道理啊……好好好，我拿！請讓我拿吧！」

賽爾瑟烏斯見聖哉舉起劍鞘，連忙開始把劍塞進行李袋。當買好東西的我們要走出商店時，妮娜跑了過來。

「呃，謝謝你們買了這麼多東西，不嫌棄的話請收下這個……這是我出於興趣做的一點小東西，不成敬意。」

她送給我們的，是把花加工成押花，做成類似護身符的東西。

啊！對了，這孩子以前也送過聖哉押花！

我腦中浮現純真的妮娜送聖哉押花的景象。對了，當時聖哉好像還說那是受詛咒的道具，現在回想起來，那應該是他在掩飾害羞吧？好懷念喔——我正沉浸在這段回憶裡時，卻發現聖哉露出了不滿的表情。

「竟然只有一個，有沒有一百個？」

「！呃，要那麼多押花幹嘛！這又不是戰鬥用的道具！」

「唔……仔細想想的確也是。平常這樣講習慣了。一個就好。」

「真受不了你……！」

「不過，再仔細想想，我也不需要這種東西……嗯，不用了。」

「！不用你個頭啦！至少給我拿一個！你這樣很沒禮貌耶！」

我握住聖哉要退回的押花，對他大吼。妮娜笑出聲，聖哉則輕嘆了一口氣。

「快走吧，這裡沒我們的事了。」

「我、我知道啦……那妮娜，再見嘍！」

「很高興能遇到各位，我會祈禱各位旅途平安的。再見……」

跟妮娜道別，走出店後，聖哉立刻催我打開通往冥界的門。我才剛把門打開，又有些掛心地回過頭去。賽爾瑟烏斯一臉疑惑地盯著我看。

「妳怎麼了，莉絲姐？」

「不……沒什麼。」

剛才妮娜的笑容乍看很開朗，背後卻似乎藏著一抹陰影，令我有點在意……

「啊！等等我，聖哉！」

不過，看到聖哉搶先穿過門，我還是連忙跟了上去。

「……跟蓋亞布蘭德比起來，冥界平穩多了。」

「這麼說也沒錯啦，至少小烏諾的家住起來挺舒服的。」

我和賽爾瑟烏斯一邊聊天，一邊走到我們借住的烏諾家的玄關。烏諾和杜艾察覺到我們回來，便帶著笑容出來迎接。

「歡迎回來！幸好各位都沒事！」

冥界的時間跟神界一樣，都流動得非常緩慢。從打倒修德拉爾到去伊古爾鎮的這幾個小時，對烏諾他們來說相當於好幾天。大概是因為這樣，烏諾才會這麼感動地握住我的手。

我們被帶到寬廣的客廳後，杜艾問我：

「那邊進行得如何？」

「這個嘛，雖然打倒了名叫修德拉爾的龍人，但之後就沒什麼特別的進展。虧聖哉當初還誇下海口說『開始攻略扭曲蓋亞布蘭德』……」

我對聖哉投以白眼，但誇下海口的本人卻臉不紅氣不喘地說：

「我目前正在進行『把攻略蓋亞布蘭德的任務交給羅札利他們的攻略』。」

「這是什麼奇怪的攻略啊……！」

「沒關係的，莉絲妲大人，就照聖哉大人的步調來攻略就好……對了，要不要我去泡個紅茶？」

「不用了，我有件事要問妳。在冥界的七號街有個叫裘克的人吧？」

「有、有啊。」

烏諾一點頭，杜艾就拍了下大腿說：「原來如此。」

「嗯，如果能學會袞克的技能，今後在各方面應該都很方便呢。」

——袞克？那、那是誰啊？

他們把我和賽爾瑟烏斯晾在一旁，自顧自地交談著。聖哉向那兩人詢問袞克所在的詳細地址。看來他已經事先在冥界探訪過，找到下個要修練的對象了。

「好，那就走吧。」

「咦，已經要走了嗎！至少喝個紅茶再去……」

聖哉見賽爾瑟烏斯拖拖拉拉，便揪著他的脖子走出烏諾家，朝七號街前進。

「啊……起霧了……」

在我們去七號街的途中，出現了冥界特有的濃霧，但聖哉仍毫不猶豫地大步前進。

「吶，聖哉，霧這麼濃，你知道往哪走嗎？」

「烏諾家附近一帶及六道宮方圓五公里內的地理環境，我都瞭若指掌，就算視野不太清楚也沒問題。」

「這樣啊，你還是一樣準備周到呢。」

「以後我想找時間畫出冥界的地圖。只要知道有什麼特性的人住在什麼地方，修練時就很方便了。」

「地圖啊……可是冥界跟神界一樣大到不行耶。」

「哼，我一定會畫的。不管得花上多少時間和力氣，我都一定要畫。」

「聽起來怎麼好像你要為了畫地圖奉獻一生……這應該不是你的目標吧……」

「我知道，所以我現在才要去見裘克。」

「那個叫裘克的究竟是——」

聖哉默默地指向前方。不知不覺間，霧變淡了，眼前的景象令我大吃一驚。那跟我之前看過的冥界景色截然不同。

大鐵門的後方有巨大的摩天輪，另一頭甚至還有旋轉木馬和雲霄飛車。

「這、這是什麼？遊樂園嗎！」

「冥界竟然有這種地方……！」

咦，等一下！這難道是跟聖哉的遊樂園約會嗎！……雖然心情有一瞬間感到飄飄然，但再仔細一看，這一帶除了我們之外看不到任何人，遊樂器材也相當老舊，感覺像荒廢了數十年，一點氣氛也沒有。

我們跟著聖哉穿過入口，走了一小段距離後……

「冥界遊樂園」。

就出現寫著這幾個字的招牌。舉著招牌的是頭戴尖帽、紅鼻子、身穿誇張服裝的小丑。

「……那是人偶嗎？」

我戰戰兢兢地靠近小丑……

「歡迎來到充滿歡樂的冥界遊樂園！」

「哇啊！」

那不是人偶，小丑突然大聲說話，不過在這之後，四周又恢復一片死寂。遊客數扣掉我們之後等於零，遊樂器材也破破爛爛。小丑環顧這個寒風瑟瑟，猶如廢墟的遊樂園，露出寂寞的笑。

「別看這裡現在這樣，以前也是相當熱鬧的，但曾幾何時，卻成了各位看到的這幅景象。」

「到、到底發生了什麼事？」

「我也不知道。不知從何時開始，冥界的人就不來這裡玩了。」

「……難道你就是裘克嗎？」

「沒錯，我是馬戲團的團長，小丑裘克。」

「馬戲團？你還有其他夥伴嗎？」

「現在只剩我了。就跟那些客人一樣，我身旁的人也一個個消失，不知不覺間大家都不見了……」

賽爾瑟烏斯對我耳語。

「妳、妳不覺得這傢伙感覺有問題嗎？」

「嗯，是啊，的確很詭異。」

難道這個小丑會把人抓走嗎……不過我還是鼓起勇氣問他：

「那麼裘克，你會用什麼技能呢？」

小丑咧起鮮紅的嘴一笑。

「那麼裘克，你會用什麼技能呢？」

「！咦咦！」

我嚇得大叫。小丑竟然用酷似我的聲音像鸚鵡學語般重複了我的話。

「哦，跟莉絲妲的聲音一模一樣呢！」

「嗯，這應該就是這傢伙的技能吧。」

「他的技能……難道是模仿嗎！」

在聖哉點頭的同時，小丑又發出跟我一樣的聲音。

「他的技能……難道是模仿嗎！」

好、好厲害！真的跟我的聲音一模一樣！只不過……

「好，我已經知道了，可以不要再模仿了嗎？」

「好，我已經知道了，可以不要再模仿了嗎？」

「感覺有點煩耶……」

「感覺有點煩耶……」

「喂，我是認真的，可以別再這樣嗎？」

「喂，我是認真的，可以別再這樣嗎？」

「我沒有開玩笑，我是說真的。」

「我沒有開玩笑，我是說真的。」

最後我不耐煩到極點，一把揪住裘克的胸口。

「你很煩耶！我不是叫你別這樣嗎！就是因為你一直這麼做，才會讓遊樂園變得冷清，身邊的人也跑光了！」

裘克聽了似乎恍然大悟，沮喪地垂下肩膀。

「原、原來是這樣嗎……！所以大家才會消失嗎……！」

哎、哎呀……我是不是說得有點太過分了？

聖哉輕拍裘克的肩膀，出言安慰。

「別在意，你的模仿很重要。不只是聲音，你連對方使出的招式都能模仿，對吧？」

聽到聖哉這麼說，裘克似乎心情好轉，露出笑容。

「沒錯！我的模仿完美無缺！」

「複、複製對方的招式？這種事做得到嗎……？」

「嗯，如果能精通這傢伙的模仿，不管敵人的招式有多強，我都能照樣模仿，互相抵銷。」

那的確非常厲害！不過真的辦得到嗎？

聖哉用手抵住下顎，一臉嚴肅地思索。

「就算神域的勇者能將狂戰士狀態提升到第四階段，只要我能模仿她，就有勝算了。」

「咦咦！模仿狀態狂戰士第四階段？再怎樣說也太勉強了……」

「還是值得一試。」

聖哉從懷裡取出賽爾瑟烏斯的角，拿到裘克眼前。

「如果對冥界的人有所求，就必須進行交易吧？這個給你，把你的技能教給我吧。」

但裘克搖搖頭。

「雖然ＨＰ（羞恥點數）是挺多的，但這樣無法交易。」

「哦，還真是貪心的傢伙。你是要幾十根才夠嗎？」

「聖、聖哉先生！不要給那麼多角啦！那樣很痛耶！」

「閉嘴，再吵我就把角以外的地方也折斷。」

「噫！」

賽爾瑟烏斯反射性地摀住下半身，一聲也不敢吭。不過裘克對賽爾瑟烏斯興致缺缺，反而一直盯著我看。

「那邊的女神大人是什麼女神？」

「我是治癒的女神……」

「好，我有事要請治癒的女神大人幫忙，跟我來吧。」

！我、我有種非常不好的預感！

裘克小跳步往前走，最後停在馬戲團的大帳篷前。我跟著裘克走進帳篷後，忍不住提高嗓門。

「有動物！」

馬戲團帳篷裡放了許多籠子，籠裡關著老虎、熊、獅子等原本生存在地球的猛獸。

「莉絲妲！妳看！連怪獸都有呢！」

賽爾瑟烏斯說得沒錯，在大型獸籠中的確關著龍和合成獸！裘克一臉得意地挺起胸膛。

「我對每個世界的生物都很感興趣！除了怪獸外，我也有收集地球的動物喔！」

「那、那你到底要我做什麼？」

小丑咧嘴一笑。

「我要女神大人只穿內衣褲進到籠裡！」

「咦咦咦咦咦咦咦咦咦咦！」

不會吧！為什麼要進籠裡！而且衣服還得脫掉！難、難不成……

「你該不會是想讓怪獸襲擊我，好藉此凌、凌辱我吧！」

「妳在說什麼啊？妳要進的不是怪獸的獸籠，而是這邊的籠子。」
裘克手指的籠子裡關著一隻身形碩大的黑毛山地大猩猩。
「我要女神大人進去這個籠子，模仿山地大猩猩！」
「！為什麼啊！」
「……莉絲妲，這傢伙叫妳那麼做，是因為想得到妳產生的ＨＰ吧。」
「既、既然這樣的話，叫賽爾瑟烏斯做就好了啊！」
「喂！妳這傢伙，不要抓我當替死鬼好嗎！」
但裘克搖了搖手指。
「本來就像大猩猩的人，即使模仿大猩猩也不會產生ＨＰ。」
「哈哈！妳有聽到嗎！因為我像大猩猩所以沒辦法！……不對，等一下！你這小丑也太沒禮貌了吧！」
「話說回來，為什麼只能穿內衣褲啊！」
「我覺得這樣比較方便搥胸。」
「！你打算讓我搥胸？我可是女神耶！你到底懂不懂啊！」
我不禁火冒三丈，但聖哉跑來擋在我和裘克之間。
「總之妳就照做吧。只要學會裘克的技能，就有希望拯救神界了。」
「就算這樣，要一個女神模仿大猩猩是不可能的……咦咦，等一下，聖哉！」

聖哉像擁抱般用手圈住我，俐落地脫起我的衣服！

——這、這、這是怎麼回事……聖哉竟然脫我的衣服……？討、討厭啦……感覺有點興奮呢……！哈啊哈啊哈啊哈啊……！

當我的腦中被妄想占據時，耳邊突然傳來「喀鏘」一聲……

「咦！」

……等回過神時，我已經跟渾身黑毛的山地大猩猩一起關在籠子裡了。裘克笑得很開心。

「來喔來喔，充滿歡樂的『女神猩猩秀』即將開始嘍！非常精彩喔！」

「！女神猩猩是什麼鬼啊！」

於是，只穿著內衣褲的我，被迫開始模仿大猩猩。

第十五章　女神的價值

冥界的小丑裘克正用熠熠生輝的雙眼注視我。

——真不敢相信！我真的得做嗎！光是只穿內衣褲就很丟臉了，竟然還要模仿大猩猩……！

皮毛黑亮的山地大猩猩對籠中的我毫不理睬，不時抓抓屁股四周。

感、感覺好討厭喔！但聖哉說得沒錯，這也是為了拯救神界！做就做嘛！我要上了，伊希絲妲大人！

我鼓起勇氣邊抓屁股，邊模仿大猩猩的叫聲。

「嗚齁嗚齁……」

我一叫，籠外的裘克就明顯露出失望的表情。

「大猩猩並不會發出這麼清楚的『嗚齁嗚齁』，妳要更仔細地觀察，別擅自加入自己的想法。」

「喂，莉絲妲，認真做。」

聖哉用冷淡的語氣開口，連賽爾瑟烏斯也扯起嗓子大喊。

「沒錯，沒錯！妳幹嘛擅自亂改啊！沒人想看妳自創的大猩猩啊！」

「！你這個混帳————————————！」

賽爾瑟烏斯的話讓我理智斷線。我怒瞪賽爾瑟烏斯，用力將籠子搖得鏘鏘作響。一個看熱鬧的竟敢在那邊給我大放厥詞啊啊啊啊啊啊啊！

「……嗚，好可怕喔。」

「真、真不像女神呢。好吧！不然由我下指示好了！妳照我說的模仿看看！」

袞克邊看著大猩猩，邊對我下起指示。

「來，像大猩猩一樣沿著欄杆走吧。」

我跟在大猩猩後面，以前傾的姿勢在寬闊的獸籠裡行走。後來，大猩猩突然停下腳步，把雙手放上胸口，開始「砰砰砰」不停搥胸。

哦哦……原來會發出這麼清亮的聲音啊……

「來，女神大人，妳也搥搥看！」

「……」

我也用雙手搥打胸口，但聲音不怎麼好聽，乳房還左搖右晃。即使我之前變成過魚人，模仿過魚人的生態，但這次的外型是我原本的樣子，所以感覺更丟臉。

在那之後，大猩猩也隨心所欲地行動。每當牠做出動作，袞克就會不斷下達指示。

「來，現在吃香蕉！」

「（嚼嚼嚼……）」

「來，抓蝨子！」

「我才沒有蝨子！」

『噗——』

「來，放屁！」

「怎麼可能說放就放！」

「再吃一次香蕉！」

「（嚼嚼嚼……）」

因為香蕉好吃，我都有乖乖地吃，但猩猩似乎覺得麻煩，吃到一半就連皮吞下肚。

「那女神大人，妳也連皮一起吞吧！」

——喂，真的要嗎……！

為什麼我這個女神得吃帶皮香蕉啊……有這樣的女神嗎……？不、不對，快回想起來啊，莉絲姐黛！妳不是連死亡蚯蚓都吃過嗎！跟那個比起來，香蕉的皮根本不算什麼！我要吃了！咬下去……嗯嗯嗯嗯嗯……澀味好重！香蕉皮有夠苦的！

我忍不住吐了出來。肉體的痛苦加上精神的折磨，讓我不禁眼角泛淚。

嗚嗚，竟然穿著內衣褲做這種蠢事……！聖哉和賽爾瑟烏斯看到我這樣，一定都在嘲笑我吧……！

我偷瞄他們一眼，發現他們用無比同情的眼光看著我。

「真讓人不忍直視。」

「好像紅不起來的搞笑藝人喔……」

「！不要用那麼悲傷的眼神看我啦！」

「等一下，女神大人！妳要認真模仿大猩猩啦！」

……我就這樣不斷地模仿大猩猩，完全不知道時間到底過了多久。就在我開始懷疑自己不是女神，而是野生的大猩猩時，裘克拍了下手。

「呼！謝謝妳！我得到好多ＨＰ喔！妳是隻非常好的大猩猩呢！」

「大猩猩還有分好壞喔！總之這樣就結束了吧！我可以出籠子了吧！」

「嗯，這樣就準備完畢了，到這裡來吧。」

我衝出籠子，火速穿上洋裝。聖哉看到裘克向我招手，就抓住他的肩膀加以制止。

「喂，等一下，你是不是哪裡誤會了？要向你學技能的人不是她，是我。」

「咦咦！什麼嘛！原來是這樣啊！那我根本不必那麼堅持要女神大人模仿大猩猩嘛！」

「！嗚噢噢噢噢噢噢噢噢噢！」

裘克不理會我的吼叫，朝聖哉走去。

「我不知道人類辦不辦得到，總之先示範給你看吧。」

唔，這個小丑在搞什麼啊！不，等一下！聖哉接下來也要模仿大猩猩嗎？感覺有點想看又不太想看……！

「我也要進大猩猩的籠子嗎？」

「不，模仿大猩猩無聊得要死，不做也沒關係。」

！你這個可惡的臭小丑啊啊啊啊啊啊啊啊啊啊啊！

但裘克嘴上說不用模仿，自己卻再次進入籠子，把我模仿的大猩猩牽了出來。他帶著笑容抽出腰上的鞭子，然後……

「咦！」

他使勁地揮動鞭子，打大猩猩的腹部！激烈的甩鞭聲及劃開皮肉的聲音在空氣中響起，大猩猩發出低吼，鮮血不停從肚子上滴落！

「等、等一下！你幹嘛這樣！牠很可憐耶！」

「那治癒的女神，妳就治好牠吧。」

「不用你說我也會治！你這個小丑真是爛透了！」

我靠近身子縮成一團，表情痛苦的大猩猩，發動治癒魔法。

「你放心，已經沒事了……」

裘克不知何時來到我身旁，像我一樣把手貼在大猩猩的傷口上。等我回過神時，發現裘克身上散發出從未見過的彩虹色靈氣。

「嗯嗯，我記住了。」

「記、記住了……？」

現在裘克的手也跟我的手一樣，發出淡淡的光芒。

——難、難道……！

我暫停治療大猩猩……然後，我更加確定了。我明明沒發動治癒魔法，大猩猩的傷口卻依舊逐漸痊癒！

「真的假的……！竟然能模仿神的技能……這究竟是什麼原理！」

「沒什麼原理，這就是我的技能。」

「看來這已經超越了魔法的定理，跟瓦爾丘雷的天獄門能超越因果關係發動的情形很類似。」

聽到聖哉的喃喃低語，裘克高舉雙手，露出讚嘆的表情。

「哦——！你知道天獄門啊！」

「以前神界的破壞神有教過我。」

「那真的很厲害呢！雖然你是人類，不過應該學得會我的技能！」

裘克很興奮，而我聽到裘克知道天獄門，也覺得很吃驚。會不會是因為瓦爾丘雷大人始終穩坐神界第二把交椅，所以在冥界的名氣也很大呢……？

「好，那我這就模仿莉絲妲的治癒看看。」

「咦咦咦！不可能啦！就算你再怎麼厲害，也無法用我的治癒魔法啊！阿麗雅以前不是也這麼說過嗎！」

「不要把神界的規則套在冥界的技能上。事實上，我就是靠修魯．魯修的技能，學會了相對的冰屬性魔法。」

「可、可是……」

「總之妳給我安靜一點，猩猩莉絲姐。」

「！誰是猩猩莉絲姐啊！我已經沒在模仿大猩猩了！」

裘克笑咪咪地對聖哉說：

「在教你之前，我先把我的靈氣分給你。首先，你必須讓這個彩虹色靈氣清晰成形才行，我會先從這裡教起。」

「原來如此。」

聖哉用銳利的眼神看向我和賽爾瑟烏斯。

「我想專心修練。莉絲妲，等明天妳再跟賽爾瑟烏斯來一趟。」

「好、好的……」

為了不打擾聖哉修練，我像以前那樣默默地離開。

第二天。

我和賽爾瑟烏斯來到裘克的馬戲團帳篷，發現聖哉和裘克正面對面打坐。我看向聖哉結手印的手，不禁感到吃驚，他的手上已經發出了七色的光芒。

「你已經學會彩虹色靈氣了嗎！」

「嗯，就是從紅往藍、綠，慢慢增加顏色的感覺。掌握了訣竅就不難。」

「他學習的速度比我預想的還快上幾十倍，明明是人類居然這麼厲害。」

這、這個嘛，聖哉不管學什麼都很快，或許他本來就有模仿的天分呢……

「很好，既然女神大人也來了，那就實際模仿治癒魔法看看吧！」

裘克拿起鞭子，打算走向大猩猩的籠子，聖哉卻阻止了他。

「既然要測試，不如用這邊的大猩猩來試。」

聖哉接著拔出劍，不由分說就砍向賽爾瑟烏斯的背！賽爾瑟烏斯大叫！

「呀啊啊啊啊啊啊啊啊啊啊！」

怎、怎麼突然用真劍砍人啊啊啊！就算神不會死也太亂來了吧！

「好痛好痛好痛好痛！莉絲姐啊啊啊啊啊！快治好我啊啊啊啊啊！」

雖然傷口放著也會自動痊癒，但賽爾瑟烏斯依舊可憐兮兮地哭叫。

「真、真拿你沒辦法。」

我朝賽爾瑟烏斯的背發動治癒魔法。嗯？仔細一看，只是劃破皮而已，賽爾瑟烏斯也真是大驚小怪。

我有些傻眼地治療他的輕傷，突然發現聖哉跑來了我身旁，距離近到能感受到彼此的氣息。

「……記住了（Memorized）。」

他喃喃低語，同時輕輕推開我。我明明已經停止了治癒魔法，但聖哉把手貼上去之後，賽爾瑟烏斯的傷口又開始逐漸癒合！

「聖、聖、聖、聖哉竟然在用治癒魔法……！」

「喔喔！不痛了！聖哉先生真厲害！」

「嗯，不過我想練得更熟。」

聖哉說完後，又毫不猶豫地砍了賽爾瑟烏斯！

「呀啊！」

聖哉把手對著賽爾瑟烏斯的背，淡淡的光芒治好了賽爾瑟烏斯的傷。

「奇怪……不會痛……」

聖哉再砍賽爾瑟烏斯。

「呀啊！」

再把手對準傷口。

「奇怪……不會痛……雖然不會痛……但能不能別再砍了！」

賽爾瑟烏斯苦苦哀求，聖哉卻充耳不聞，只是一味看著自己的手。

「唔，這是怎麼回事？彩虹色靈氣消失了。」

「模仿最多只能維持幾分鐘。靈氣一旦消失，就得再看一次原本的技能，重新記住才行。如果能更熟練地產生彩虹色靈氣，應該可以延長發動的時間。」

「這樣啊。不，等一下……MP的消耗量也大得令人難以置信，竟然只剩平常的三分之二了。」

「想必是人類使用我的技能時得消耗很多魔力吧。」

「我的天，這技能的限制比我想的還多。」

聖哉用苦澀的表情喃喃自語。不但有時間限制，還得消耗大量魔力。尤其聖哉是個連減少10MP都會不甘願的人，這對他來說應該是個憂心的大問題吧。

「算了，接下來我就和裘克一起專心做產生彩虹色靈氣的練習，想辦法延長模仿的時間好了……」

在那之後的幾天，聖哉都住在裘克的帳篷裡，持續進行修練。

「不知道聖哉練得順不順利呢？」

「天曉得？不過像這樣平平靜靜的，不是也很好嗎？」

賽爾瑟烏斯在廚房裡開心地攪拌蛋白霜。我和賽爾瑟烏斯照往常一樣待在烏諾家。

「說到這，你現在在幹嘛？」

「看也知道吧？我是在做蛋糕啊。感覺終於回歸本業了。如果可以的話，真想在冥界也開家咖啡廳呢。」

「我說你啊，你的本業是劍士才對吧？而且這次你也要一起去冒險，沒時間讓你在冥界悠哉地做生意。」

「呿，真麻煩。乾脆讓那個人當獨行俠，愛怎麼搞就怎麼搞，不是很好嗎？」

賽爾瑟烏斯仗著聖哉不在，肆無忌憚地發起牢騷。但剛好就在這時，廚房門隨著開門聲敞開，聖哉走了進來。

「啊，聖哉先生！您修練辛苦了！我做了蛋糕在等您回來呢！」

「我死也不吃。對了，我已經完全學會裘克的靈氣，接下來只剩實際運用了。」

「那聖哉，你有延長模仿的時間嗎？」

「嗯，我成功延長到最長三分鐘。在那之後我試了很多次，都無法延長到三分鐘以上。老實說，我本來想延長到三十年的。」

「差、差太多了吧……！你到底想延長多久啊！」

「呃──我去那邊烤蛋糕喔，先失陪了……」

聖哉無視逃之夭夭的賽爾瑟烏斯，皺緊眉頭。

「話說回來，這個技能真是有夠麻煩的，要消耗大量ＭＰ就算了，還得先看敵人出招才能模仿。」

「啊，這樣啊。」

「換句話說，我戰鬥時必須承擔敵人先發制人的風險。不過，我也針對這一點想了對策，比如說『拿賽爾瑟烏斯當肉盾，讓敵人先出招』就挺有效的。其他還有——」

這時另一頭突然響起盤子打破的聲音。

「我只是烤個蛋糕，竟然就聽到這麼驚悚的對話！拜託別這樣啦！」

聖哉大步走向廚房，瞪著求饒的賽爾瑟烏斯。

「賽爾瑟烏斯，等下陪我修練。」

「呃！你又要砍我的背了嗎！」

「莉絲妲的治癒魔法我已經能完全模仿了，今天是其他的修練。首先你要變成魔神……」

聖哉帶走賽爾瑟烏斯後，又過了整整一天。

我獨自在陽台寂寞地喝著紅茶時，烏諾跑來向我搭話。

「聖哉大人去哪裡了？」

「他好像要跟賽爾瑟烏斯一起幫修練收尾，大概是想模仿賽爾瑟烏斯魔神化後的劍術吧。」

「……莉絲妲大人，總覺得妳好像沒什麼精神呢。」

心事被看穿，我重重地嘆了一口氣。

「聖哉連我的治癒魔法都會用了。雖然只限短時間的模仿，我還是覺得很感傷。」

我本來就派不上什麼用場，現在連唯一的特技都被模仿走，讓我十分沮喪。而且一想到賽爾瑟烏斯在聖哉的修練上比我更有用，我就更難過了。

烏諾聽完似乎靈光一現，露出微笑。

「賽爾瑟烏斯大人在魔神化後習得了『魔神斬』對吧？您或許也能因此學到以往不會的技能喔。」

對喔！自從那一次後，我就沒再試過了……說不定會有某個部分的能力有所提升呢！

「好吧！我來試試看！」

我倒立，用修魯・魯修教的型態轉換法變成魔神。我變成穿著黑色皮製裙裝，感覺有點像小惡魔的性感模樣。

「那就先從治癒試起吧。」

烏諾突然將手指伸向嘴，「喀哩」一聲用力咬斷！鮮血沿著手臂緩緩流下。

「小、小烏諾？」

「請您別在意，快發動治癒魔法吧。」

幹嘛劈頭就咬斷手指啊！袞克也一樣，為什麼冥界的居民都這麼亂來啊！

不過這也是很好的機會，我試著用治癒魔法治療烏諾的傷。

「跟平常的治癒速度相比如何？」

「唔——好像沒什麼變呢。」

「這樣嗎？那就多做一些其他的嘗試吧。」

我照烏諾說的一下拿重物，一下跳躍，但我跟賽爾瑟烏斯不同，體能並沒有特別提升。

雖然賽爾瑟烏斯平常很讓人看不起，但他好歹也是劍神，能力值比我高多了。我身為治療師，就算變成魔神，能力值提高了數倍，也不會變得多強。

「唉——果然還是不行嗎？」

我沮喪地低下頭，透過性感皮衣敞開的胸口注視自己的乳溝。

——啊，胸部好像變大了一些……等一下，難道我魔神化後只有胸部成長了嗎！

我在心中如此吐槽。我因為只有這麼一丁點的豐乳丸效果滿心焦慮，直直地盯著胸口看，這才發現裡面夾著某個東西。

「這是妮娜的……」

那是妮娜送的押花。我想拿出來，不料手指一碰到押花，就有影像竄入我的腦海。

『嗚嗚……！爸爸……爸爸……！』

——咦咦咦！這、這是怎麼回事！

身在烏諾家的陽台上的我，眼前出現了妮娜在黑暗的房間裡獨自啜泣的景象。

第十六章　返回

「您怎麼了，莉絲妲大人？」

「呼啊！」

烏諾的聲音讓我回過神來。妮娜的影像一瞬間閃過腦海。剛才那是幻覺嗎？但就幻覺來說卻意外的清晰……！

「呃，剛才我的腦海裡浮現做了這個的女孩哭泣的樣子。」

「我記得您有鑑定技能吧，會不會是無意間發動了技能？」

「可是這跟平常的鑑定完全不同，這種事我是第一次遇到……啊，不……」

不對，我以前也經歷過類似的情況。上次拯救伊克斯佛利亞時，我一碰到前世的母親卡蜜拉王妃所持有的人偶，過去的影像也同樣在腦中重播。

我告訴烏諾這件事後，烏諾一臉嚴肅地點點頭。

「應該是魔神化讓您持有的特技升級了，您可能是悟出了鑑定的上位技能。」

「鑑定的上位技能？真的嗎！」

「讀取殘留在物品上的意念，在腦中轉化為影像——這或許就是您的新能力。」

「這、這不就像是接觸感應嗎！太棒了！感覺好帥喔！」

「這與其說是特技，不如說是特殊能力。能在腦中化為影像，應該是歸功於神特有的腦波。即使用裘克的的技能，要模仿這個大概也不容易。」

我的拿手絕活治癒魔法被聖哉模仿了！不過只要有這個能力，我就能保有我的存在意義了！

我很高興，在心中暗自竊喜。烏諾微笑著說：

「那就把這個技能命名為『偷窺能力』吧。」

「！怎麼聽起來超像罪犯的！這名字也太掃興了吧！」

「是、是這樣嗎？真抱歉，我不太會取名字……」

「算、算了，名字我等下自己想就好。對了，關於我剛才看到的影像……我很在意妮娜為什麼會哭。」

「那您何不再發動一次技能看看？或許就會知道原因了。」

我點點頭，接著緊握押花，閉上眼睛。我依循鑑定時的要領，讓自己的感覺跟手上的押花連結。這時，腦中又出現了妮娜哭泣的模樣。她在黑暗的房間裡不斷呼喚父親，淚如雨下，然而……

「怎麼樣，莉絲妲大人？」

「唔——不行，雖然影像很清晰，但好像無法得知會變成那樣的原因。」

我有點灰心，露出苦笑，烏諾卻用真摯的眼神看著我。

「如果只是讀取物品中包含的意念，或許人類之中也有些人能辦到。但您是女神，應該能更進一步才對。」

「『更進一步』？」

「只要莉絲妲大人想知道的心情夠強烈，或許就能從殘留的意念中汲取當事者的情感或是過去的經驗，再以影像的形式加以讀取。」

「這、這就是妳所謂的『更進一步』嗎？」

「沒錯，如果是莉絲妲大人，應該能達到那個境界——也就是『超越偷窺的極限』吧。」

「！呃，就算說得像『超越速度的極限』，還是很糟糕啊！」

感覺只有犯罪程度增加而已。雖然我心情頗微妙，但烏諾卻顯得很興奮，雙手在胸前握拳。

「來吧！在心中提高女神之力吧！」

「好、好啦！我試試看！」

我把意識集中在手中的押花上。

「唔——唔——！」

「再認真一點！」

「那就……呼喔喔喔喔！」

「『呼喔喔喔』什麼啊！再用力一點！用力！對，就像要吐血一樣……咳呼！」

「唔……唔喔呀啊啊啊啊啊啊啊啊啊啊啊啊啊啊啊啊！」

我用力到快把押花捏爛了。糟、糟糕！用力過了頭，好像有東西要從屁股出來了！不過妳還是要加油啊，莉絲姐！這樣才能知道妮娜哭泣的原因啊！嗚齁喔喔喔喔喔喔喔喔喔喔！閃耀吧，我的女神之力！月之力、電漿力、豐胸力！我要代替月亮來偷窺妳啊啊啊啊啊啊啊啊啊！

我抱著不惜吐血的心情，持續努力了一會兒後，烏諾的聲音突然消失，腦中出現了跟之前截然不同的影像。

雖然周圍一樣很暗，但這一次我的眼前出現了巨大的漆黑水晶，那是封印路西法·克羅的魔封岩。另外，我也看到有一群人圍繞在魔封岩旁邊，其中包括幾個惡魔神官、穿著長袍的羅札利、凱歐絲·馬其納，以及……

「爸爸，不要……我不要……」

我聽到妮娜的聲音。妮娜和她的父親握著彼此的手，兩人的眼眶都泛著淚。即使如此，她的父親仍沉著冷靜地開口。

「妮娜，聽好，這是按照順序的，非得有人做不可。」

妮娜陷入沉默，換凱歐絲·馬其納的聲音響起。

「對，沒錯沒錯～這是透過公正的評選決定的～這也是沒辦法、沒辦法、沒辦法的事情啊～」

「……道別完了嗎？」

羅札利這麼問，妮娜的父親點了點頭。羅札利從劍鞘中緩緩拔出劍。

「你的生命絕不會白白犧牲，因為這樣一來，路西法・克羅就能更快復活了。」

「說得沒錯～和平的世界一定會到來的～」

妮娜的父親在魔封岩前蹲下身，垂下頭。羅札利把劍高高舉起。

「爸爸！不要啊啊啊啊啊啊啊啊啊！」

在妮娜大叫的同時，羅札利的劍也無情地砍了下去。我的意識隨著斬斷生命的可怕聲音回到現實。

「……您還好吧，莉絲妲大人？」

烏諾擔心地問我，我卻忘了回應，渾身劇烈顫抖。

——大、大、大、大事不好了！

在離烏諾家不遠的地方，有片空曠的草原。那片平地十分廣闊，長滿了奇妙的冥界小草。我知道聖哉和賽爾瑟烏斯在那裡修練，便氣喘吁吁地跑去找他們。

不久後，我看到了聖哉，他正靠在附近的大樹上。

「啊啊，聖哉！」

我急急忙忙地要跑過去，卻踩到某個凹凸不平的物體。那好像是在草原上躺成大字型的賽爾瑟烏斯，不過我現在也管不了這麼多了。

「大事不好了！羅札利為了讓路西法．克羅復活，拿人類當活祭品獻祭啊！」

我大喊大叫，聖哉卻完全不為所動。

「在討論這件事前，先說妳是怎麼知道的。」

「是靠我魔神化的能力！我從妮娜送的押花上讀取了殘留的意念！」

仍保持魔神化的我張開雙臂，拚命解釋，聖哉卻還是一臉狐疑。

「那該不會只是妳的妄想吧？」

「才不是妄想呢！是我的鑑定技能升級了！能從物品上讀取所有者的感情和過去的記憶！這是小烏諾說的，肯定沒錯！」

「哼，如果是真的，那以後妳就從『藥草女』改叫『水晶球女』吧。」

「叫什麼根本不重要好嗎！」

現在最重要的是，我要趕快開門去扭曲蓋亞布蘭德。這當然是為了去見羅札利，向她確認這件事，但聖哉依舊坐在樹蔭下，遲遲不肯起身。

「就算妳看到的影像是真的，那也沒什麼好大驚小怪的。」

「啥！」

「羅札利在魔封岩前跟惡魔交談時，曾說過『還差一百』。就日數來說有點多，所以我猜那可能是活祭品的數量。」

「既、既然你知道，為什麼還坐視不管！」

「那個蓋亞布蘭德是梅爾賽斯做出的扭曲幻影。不管過程如何，只要路西法·克羅復活後打倒馬修，大家就會得救了，不是嗎？」

「或許是這樣沒錯，可是……！」

我和聖哉談到一半時，賽爾瑟烏斯邊瞪我邊走過來。

「很痛耶，莉絲妲！是妳踩的就給我道歉！」

「誰叫你要傻呼呼地躺在那裡？是你的錯才對！」

「我才沒躺呢！我是修練到累倒了！」

「修練……對、對喔！聖哉，你修練結束了嗎？」

我回頭看聖哉。他依舊坐著，拿著草紙在寫東西。

「咦？你在做什麼？」

「我正在充分利用多餘的時間，在腦中進行神域的勇者發動突襲時的模擬演練。」

「是、是喔。那或許是很重要沒錯……但你不是說現在是『多餘的時間』嗎？那就代表修練已經結束了吧？」

看到我催促聖哉，賽爾瑟烏斯賞我白眼。

「妳到底在急什麼？聖哉先生剛才也說過吧，那世界就像一場幻覺。」

「可是我還是討厭這樣啊！就算是虛幻好了，認識的人類可是被殺了耶！賽爾瑟烏斯，你不也是神嗎？應該也會這麼想吧！」

「唔——這個嘛……說得也是。即使是虛幻，看到有人死還是不太舒服。」

「沒錯吧！所以我們快走吧！說不定在我們爭執這個的時候，又有鎮民被當成活祭品了啊！」

我說完就盯著聖哉看，靜待他說出那句口頭禪。

「一切——」

聖哉說到一半，竟拿起放在樹下的茶壺倒起紅茶。

「等一下！你剛才是要說一切準備就緒吧！」

「嗯，一切……」

但聖哉以口就杯，緩緩地啜飲了兩口紅茶。

「……準備就緒。」

「！幹嘛斷句！一口氣講完啦！『喝了紅茶再一切準備就緒』是哪門子的新版本啊！」

我不耐煩地推了推一旁的賽爾瑟烏斯的背。

「喂！你也快去收拾一下！」

「咦咦，我也要去嗎？」

「那還用說！聖哉，你也快一點——喂，怎麼還在喝紅茶！夠了喔————！快點給我動起來啊啊啊啊啊啊啊啊啊啊啊！」

聖哉從來不會像這樣，一點緊張感都沒有，讓我憂心忡忡，我只好努力鞭策聖哉和賽爾瑟烏斯，拉他們一起回到扭曲蓋亞布蘭德。

我把門開在羅札利的總部。變成扭曲世界後，雖然門出現的位置受到限制，但至少還是能在去過的地方自由地開門。我原本想快點找到羅札利，質問她活祭品的事，但我在總部內環顧了一圈，卻沒看到任何人影。

「喂喂，那邊怎麼那麼吵啊？」

賽爾瑟烏斯喃喃開口。在離總部有段距離的大街上擠滿了人類和惡魔，他們聚在一起七嘴八舌地交談著。

「我們去看看！」

大馬路上非常熱鬧。看到這裡原來住了這麼多人類和惡魔，讓我挺驚訝的。天寒地凍的伊古爾鎮變得熱情洋溢，處處人聲鼎沸。

不久後，有一群體格魁梧，身穿盔甲的惡魔士兵從擠在道路兩旁的人群之中走了過來。

「惡魔之劍回來了！」

「英雄凱旋歸來了！」

惡魔和人類握住彼此的手，一同歡欣鼓舞。走來的惡魔士兵雖然大部分都帶著龍人造成的傷，臉上卻依然掛著笑容。後來，當那格外顯眼的六臂惡魔出現在大街上時，人類和惡魔紛紛發出更興奮的尖叫聲。

「伊雷札大人！伊雷札大人！」

「萬歲！惡魔之劍萬歲！」

我看了大吃一驚，戳戳聖哉的肩膀。

「吶、吶，那個伊雷札不就是惡魔四天王的其中之一嗎……！」

「嗯，雖然是四天王，但我只記得他是很快就被戰帝幹掉的小角色。原來他在這個世界被視為英雄嗎？看來他的能力值也提升了不少。」

以六隻手隨心所欲地揮動武器的凶惡惡魔——沒想到這樣的伊雷札也會親切地和鎮上的人類握手。賽爾瑟烏斯喃喃開口。

「那個惡魔看起來明明那麼可怕……看來他們跟人類真的處得不錯呢。」

「嗯，總覺得怪怪的……啊！現在不是管這個的時候！先找到羅札利要緊！」

我向歡呼的惡魔和鎮民打聽羅札利的去處，羅札利似乎在放魔封岩的建築物後方。

我們來到鎮民告知的地點時，羅札利正站在成排的石碑前，一個人獨自禱告。

「……羅札利，原來妳在這裡啊。」

我出聲喊羅札利，她就站起身來，緩緩轉向我們。

「伊雷札在這趟遠征中取得勝利，光榮歸來，我正在向死去的英靈們報告這件事。」

「妳這是在贖罪嗎？」

「妳是什麼意思？」

「我已經知道了！妳把鎮上的人當成讓路西法・克羅復活的祭品！」

「……真不愧是女神，什麼事都瞞不過妳。」

即使罪行曝光，羅札利也毫無動搖。在她的銳利獨眼注視下，反而是我慌了起來。

「要讓路西法・克羅復活，需要大量的生命能源『瑪那』。但惡魔和龍人擁有的瑪那密度低於人類，不管我們討伐多少龍人，要達成目的都得花上數十年，因此我們每隔幾個月就會抽一次籤，用公平的方式從鎮上選出成為活祭品的人類。」

羅札利將視線移向石碑，石碑的總數明顯超過十個。看見她那彷彿將情感抹殺的獨眼，讓我不禁背脊發涼。

「難、難道這些墳墓全都是……！」

——為了達成目的，把別人的生命視若糞土……簡直就跟龍王母如出一轍！她完全不像我所認識的羅札利！難道環境和立場一旦改變，人就會變化這麼大嗎？

「聖、聖哉！你也說句話啊！」

不過聖哉也和羅札利一樣泰然自若。

「這也沒什麼不好，反正這個世界是虛幻的，我甚至還想誇她做得不錯呢。」

聖哉說完，拍拍羅札利的肩。賽爾瑟烏斯不知為何也模仿聖哉，帶著燦笑對羅札利豎起大拇指……不，你們到底在想什麼啊！

羅札利對聖哉輕輕點頭。

「謝謝你願意諒解。為了大義，總難免要做出犧牲。」

「這哪裡是大義啊！這樣絕對是錯的！不管怎樣，活人獻祭這種可怕的事別再做了！」

「本來就沒必要再做了。伊雷札在這次的遠征中殺了上百個龍人，雖然那些生命能量僅相當於幾個人類，但用來破壞已龜裂的魔封岩應該綽綽有餘。之後只要等惡魔神官完成注入瑪那的儀式，路西法．克羅就會復活了。」

「路西法．克羅復活……話說，這麼做真的沒問題嗎？羅札利，妳該不會是被那些惡魔欺騙和利用了吧？」

「我已經說過很多次了，在妳所不知道的這十年間，人類和惡魔結下了比血緣更深厚的羈絆。事實上我和凱歐絲．馬其納就曾多次一起出生入死，討伐龍人。」

說曹操曹操到，凱歐絲．馬其納從另一頭現身，狀甚親暱地朝她揮手。

「公主，快點快點～！我們期待已久的儀式就要開始嘍～！」

「好，我這就過去。」

羅札利帶著笑容爽快地回答。我看著她們感情融洽地走在一起的背影，感覺到這兩人之間的確建立起了穩固的互信關係。

在放置魔封岩的石造建築物中，已經聚集了自遠征歸來的惡魔之劍的士兵、伊雷札，以及弗拉希卡等人魔聯軍的幹部們。

羅札利當著這群人類和惡魔的面，用莊嚴的語氣宣布：

「我們心心念念的路西法．克羅復活儀式即將開始。現在，我們先向討伐大量龍人，收集了瑪那的惡魔之劍以及賭上自己的生命讓復活提早的人類們……再次獻上感謝的祈禱……」

人類和惡魔都閉上眼睛，保持沉默。不久後，羅札利睜開獨眼。

「現在開始儀式吧。」

在羅札利的指示下，惡魔神官以魔封岩為中心圍成一圈，仰望天空，張開雙手，似乎是準備要用魔法收集伊雷札於遠征中打倒的龍人的生命能量，注入魔封岩裡。

……然而，就在惡魔神官開始詠唱咒語時，建築物的大門隨著巨響敞開。

眾人的視線往門集中，站在門前的是個受傷的惡魔，那是從遠征歸來的惡魔之劍的士兵。

「下去，現在正在進行儀式。」

伊雷札用嚴厲的語氣下令，但士兵彷彿充耳不聞，踩著蹣跚的腳步朝我們接近。

「呼哈……呼哈嘻嘻嘻……！」

惡魔士兵剛發出詭異的笑聲，身旁的聖哉就立刻衝過去，拿帶鞘的劍揮向士兵的頭！惡魔士兵隨著悶響飛出去，摔回建築物的入口附近！

「聖、聖哉，你幹嘛突然這樣！」

「閉嘴，快後退。」

我們周圍的惡魔瞪著聖哉。這也難怪，畢竟他不由分說就打飛了他們的同胞。不過，聖哉依舊緊盯著倒地的惡魔士兵看。

被打飛的惡魔士兵緩緩起身，又發出竊笑聲。不料到了下一秒，他的身體竟然發出強光整個爆炸，聲音震耳欲聾！

「嗚喔！」

賽爾瑟烏斯的慘叫聲比誰都大。凱歐絲．馬其納用激動的語氣開口。

「那、那個惡魔的體內藏著炸藥嗎～？伊雷札，這是怎麼回事！那不是你的部下嗎～？」

「我們惡魔之劍的士兵不可能叛變！」

當這兩人陷入口角時，羅札利睜大她的獨眼，盯著聖哉看。

「為什麼？你怎麼知道那個士兵有危險？」

——對、對喔！如果聖哉沒察覺的話，我們可能就被捲入爆炸了！他到底是怎麼知道的？

眼神依舊銳利的聖哉如此回答。

「會突然發出『呼哈嘻嘻嘻』的笑聲走來的人，絕對都有問題，所以我就乾脆先把人打飛。」

「咦……啊，是喔……原來是這樣啊……！」

雖然羅札利聽得一愣一愣的……不過這也很正常啦！聖哉的推理還是一樣不成推理！話說回來，只是笑的方式有點怪就把對方打飛，未免也太狠了吧！不過算了，大家也是靠他的機警才得救的！

羅札利大聲喊道，似是想藉此重整心情。

「加強入口的警備！接下來無論來者何人，全都不准放行！我們要盡快完成復活儀式！」

屋外可能發生了什麼可怕的事。即使如此，羅札利仍將把瑪那獻給魔封岩的儀式擺在第一優先。

第十七章　寄生與復活

惡魔士兵的詭異行徑和自爆——讓我心中萌生不好的預感，但惡魔神官還是照著羅札利的命令，繼續進行儀式。

「被惡魔之劍討伐的龍人們的生命波動啊……快來解放將為吾等之主的容器……」

他們圍著魔封岩邊詠唱咒語，邊朝天上舉起手，但沒過多久，惡魔神官們就停止詠唱，讓羅札利發出怒斥。

「怎麼了！你們不用害怕，只管進行儀式就好！」

「不、不是這樣的！是瑪那……生命的波動沒有流進來！」

「什麼……？這是怎麼回事，伊雷札！」

羅札利用嚴厲的眼神看向伊雷札，伊雷札則看似一頭霧水地搖搖頭。

「在這次遠征中，惡魔之劍的確殺了超過一百個龍人，這件事絕不會錯。」

伊雷札剛說完，附近突然響起一道猥褻的聲音。

「笨蛋！你們根本連一個都沒殺！」

我回過頭去，映入眼簾的依舊是惡魔之劍的士兵。他跟之前的士兵一樣，帶著詭異的賊笑朝我們接近。

——這、這裡還有叛變的士兵嗎！

「……你也是嗎？」

這次伊雷札比聖哉更快行動。他以驚人的速度逼近惡魔士兵，不由分說就用戰斧砍掉士兵的頭！看到紫色血液噴濺而出，在場的人類和惡魔都倒抽了一口氣。然而……

「噢——噢——下手也太狠了吧。」

即使頭被砍飛，脖子冒出大量血液，惡魔士兵仍照樣開口說話！

「突然被這樣殺掉，這傢伙會死不瞑目的。」

——頭都被砍了還能講話？難、難道是有人在操縱他嗎！

我猜得沒錯。從鮮血直流的脖子裡，鑽出一條像蛇一樣的怪物。

「你們惡魔之劍以為殺死了的那些龍人，其實從一開始就死了！是我從傷口進入體內讓他們動的，就跟這傢伙一樣！」

伊雷札「呿」了一聲，朝對方投擲戰斧。邊轉邊飛的戰斧擊中像蛇的怪物，將怪物順勢釘在後方的石柱上。伊雷札靠近石柱。

「你究竟是誰？」

「呼嘻哈嘻嘻嘻！我是寄生龍帕拉杜拉！」

龍……意思是這個小東西也是龍人嗎！

即使被釘在柱子上，自稱帕拉杜拉的龍人仍開心地笑個不停。只見他的尾巴不停蠕動，接著就像脫皮般冒出另一隻小龍，掉在地上！被釘住的龍變得乾枯，動也不動，落地的龍則精神十足地抬起頭。

「唔！」

「終於混進結界了！你這個笨蛋不知道有我的分身混入，還讓部下直接進到鎮裡！」

凱歐絲．馬其納用大劍槌打在地上爬的帕拉杜拉。雖然軀幹的部分被壓爛，這隻小龍人依舊放聲大笑。

「呼哈嘻嘻哈哈哈哈哈！將毀滅帶給人類和惡魔吧……！」

帕拉杜拉說完後，全身就像乾枯了一樣動也不動。

——看、看樣子應該死了……

凱歐絲．馬其納看著那兩具帕拉杜拉的屍體，歪頭思索。

「他剛才是說分身對吧～那本體是在鎮上嗎～？」

「可惡！竟然選在這麼重要的時候……！」

羅札利低吼一聲。聖哉用冷淡的眼神看著現場的人與惡魔們。

「你們應該做好檢疫才對。換作是我的話，在惡魔之劍回來後，我會對每位士兵逐一進行徹查，以免他們將外界的傳染病或害蟲帶進來。」

聖哉一邊碎唸，一邊彈響手指。

「扭曲世界會變得怎樣我管不著，但自我防護還是得做好才行。」

聖哉說完，身體就突然被鮮紅烈焰包覆。

「我們不知道敵人的分身潛伏在何處，既然他能從傷口入侵，自然也有鑽入耳道或鼻孔的風險，所以我要用火焰包覆全身作為防護。」

「原、原來如此……」

「雖然我也想在妳和賽爾瑟烏斯身上施加這個人體自燃防禦(Self-Burning)，不過你們對火焰魔法的耐受性比我低，很可能會被火焰吞噬燒個精光。」

「！我才不要呢！」

「沒錯！請千萬別這麼做！」

「那就沒辦法了。」

聖哉在道具袋裡翻找，拿出某個東西遞給賽爾瑟烏斯。

「咦？聖哉先生，這是什麼？」

「這是軟木塞。用這個把敵人可能入侵的管道都堵住，像是耳道、鼻孔，還有肛門也要塞。」

「連、連肛門也要嗎……！」

聖哉帶著無比正經的表情靠近我，給我的軟木塞比給賽爾瑟烏斯的還多。

「莉絲妲，妳也把身體上的洞堵起來。像是耳道、鼻孔、肛門……還有陰道口也要。」

「！我死也不要塞啊啊啊啊啊啊啊啊啊！」

「這是為了安全起見。」

「我不要！我從來沒遇過這麼討厭的事！這比冥界給我的打擊更丟臉！我死都不要！」

「女人真麻煩，還有心情管什麼丟不丟臉的。等敵人侵入體內就太遲了……」

「我、我說聖哉先生，我雖然是男人，但也一樣超級不想啊……！」

聖哉對賽爾瑟烏斯和我賞以白眼。一會兒後，他輕嘆一口氣，變出兩隻鳳凰自動追擊，往我和賽爾瑟烏斯的頭上各放了一隻。

「這跟人體自燃防禦不同，只能做簡單的防禦。」

「沒關係，這樣就夠了……」

「如果又想要軟木塞的話，隨時跟我說。」

「！我不是說我不要用軟木塞嗎！」

算、算了，這樣我們也能安心了！聽剛才那龍人的語氣，他可能已經入侵好幾個惡魔士兵的體內了！妮娜和鎮民都有危險了！

「羅札利！我們走吧！必須把他除掉才行！」

我急得不得了，但羅札利的獨眼依舊看著魔封岩。

「怎、怎麼了？」

「照這樣下去，如果那個龍人殺了幾個鎮民的話……路西法．克羅就能復活了……」

「啥！難道妳要對鎮民見死不救嗎！」

「還差一點……就差一點……！再差一點我們的救世主就會復活……人類也能得救了……！」

羅札利鬼迷心竅似的喃喃地這麼說。相較之下，惡魔那一方倒是意外的冷靜。凱歐絲・馬其納用手指抵住下顎思考。

「那傢伙可能有偷聽到我們的對話～如果他知道路西法・克羅復活需要強大的瑪那，或許就不會殺人類了～而且他好像能製造分身，大概是打算先寄生在鎮上的人類和惡魔身上，好操縱他們吧～」

聽到凱歐絲・馬其納這麼說，羅札利咬牙切齒。

「只要再一個人……再一個人當活祭品就好了……！」

羅札利瞪著人類的幹部們，眾人理所當然地別開視線。我已經無法再保持沉默，坐視下去了。

「別這樣，羅札利！我絕不會讓妳再找人當活祭品！」

「我聽說神龍王持有的最強聖劍伊古札席翁，是犧牲他所愛的龍族女子的生命做出來的！為了對抗黑暗，我們也必須像他一樣墮入黑暗才行！」

「他那樣是錯的！就算沒有伊古札席翁，還是能拯救世界的！」

「住口，少在那邊胡說八道！」

我正和羅札利爭執不下時，背後突然有人大喊。

「哼！那妳自己當活祭品不就好了嗎！」

這個粗獷的嗓音不是聖哉，而是賽爾瑟烏斯的。咦咦！賽爾瑟烏斯，你還挺帶種的嘛……咦……

我往後一看，不禁啞口無言。賽爾瑟烏斯將高大的身體蜷縮起來，躲在我的背後。而且羅札利和惡魔們的視線不知為何集中在我身上。

！喂————！這樣簡直就像是我說了剛才那句話一樣！既然怕到要躲起來，就乾脆別說嘛！你這個膽小鬼肌肉男！

一會兒後，弗拉希卡緩緩地走向我和賽爾瑟烏斯。

「非常抱歉，我們不能拿公主當活祭品。」

「聽、聽我說，弗拉希卡先生，說那句話的人不是我——」

「公主繼承了戰帝的血脈，有義務代表人類繼續活下去。」

「呃，我都說了，那句話是這個肌肉男——」

我話說到一半，看向弗拉希卡，頓時張口結舌。弗拉希卡的手上握著短刀，他對羅札利微微一笑，將短刀抵在自己的脖子上。

「弗拉希卡先生！不行！快住手！」

我根本來不及阻止。弗拉希卡毫不猶豫地用短刀劃開自己的脖子，鮮血隨著切斷肌肉的聲音灑落一地。

「我、我現在就幫你治療！」

我原本打算對倒下的弗拉希卡發動治癒魔法，但在抱起他的瞬間，我發現他的生命已經從深深的傷口中奔流而出……

「怎麼會這樣……！為什麼要做這種事……！」

自我了斷的弗拉希卡臉上掛著滿足的微笑。即使如此，羅札利也沒有靠近弗拉希卡，而是呼叫了惡魔神官。

「這樣路西法·克羅就能復活了！來吧，繼續進行儀式！」

明明失去了忠臣，羅札利卻只在乎路西法·克羅的復活。跟惡魔一起生活久了，似乎讓她也成了惡魔。我的身體不住顫抖。

「這、這女人太糟糕了！」

賽爾瑟烏斯也這麼說，並倒抽一口氣。雖然我和賽爾瑟烏斯一樣對羅札利不以為然，但同時，有另一件事讓我在意。

——聖哉從剛才就一直很安靜……都發生了這麼大的事，他到底在想什麼……

惡魔神官利用弗拉希卡的死，抓緊機會要讓路西法·克羅復活。就在這時，聖哉走到帕拉杜拉的屍體附近，一屁股坐在地上。

「你在幹嘛啊，聖哉……咦，奇怪？」

我靠近一看，有種非常不對勁的感覺。聖哉看起來好像變小了。不，我沒看錯！身高應該超過一百八十公分的聖哉竟然比我嬌小！

「聖哉，你是不是縮水了！」

「……嚴格來說是分裂了。」

「啥！」

有個相同的聲音從我背後向我搭話，害我一時慌了手腳。原來我背後站著另一個聖哉！而且個子也一樣比我矮！

當我嚇得合不起嘴時，兩個聖哉並肩站在一起，身體彷彿暈開般變成兩層，瞬間再度分裂！身高也同時變矮，如今只到我的腰際──有四個這種尺寸的聖哉並肩站成一排！

「什什什什什什麼！」

我身旁的賽爾瑟烏斯也目瞪口呆。

「聖、聖哉先生……難道你模仿了那個龍人的招式嗎？」

「沒錯。是我剛才用模仿技能學到的。雖然發動之後有三分鐘的時間限制，但可以先保留不用。」

「沒想到連分裂那種技能也能模仿……」

「雖說是模仿，但我不是變成小龍，而是模仿他的『分裂技能』。這一點挺有意思的。」

「不過聖哉先生，模仿不是會消耗大量的魔力嗎？」

「經過訓練後，ＭＰ的消耗量成功地壓低到原本的五分之一，不過數字還是很可怕。如果可以的話，我想先回冥界一趟，讓魔力恢復到最完全的狀態……」

聖哉偷瞄我，觀察我的反應。我的忍耐已經到達極限。

「不，怎麼可以只因為分裂就回去！而且都發生這麼大的事了，你還有心情搞這個啊！」

我一吼，四個聖哉又集合在一起，變回那個原本的聖哉。

「我說聖哉，你沒看到現在的情況嗎！弗拉希卡先生死了耶！」

「那又怎樣？」

「你還問我怎樣……！」

我無法克制從心底湧上的情緒。

「我、我沒辦法像你一樣能這麼輕易地切割！對現在活在蓋亞布蘭德的人們來說，這個世界不是虛幻，而是現實。他們受傷會痛，死了會悲傷啊。」

「拯救扭曲世界的幻影有什麼意義？」

「不管他們是不是幻影，只要有人需要救助，我就想伸出援手！聖哉你是勇者，難道不會這麼想嗎？」

「我完全不懂妳在想什麼。」

我正在和聖哉口角時，賽爾瑟烏斯拍了我的肩膀。

「喂、喂，莉絲妲……妳看那個。」

「看什麼啦！」

我不耐煩地大吼。當我順著賽爾瑟烏斯手指的方向看去，竟一時無法言語。惡魔神官圍繞的魔封岩上出現巨大的龜裂，裂痕不但比以前的更深，還不斷發出破裂聲，像蜘蛛絲一樣不斷往外擴散。

「裂開了……！魔封岩裂開了……！」

就在某人如此喃喃自語的瞬間，響起了像是從高處扔下玻璃製品般的清脆聲響！宛如水晶的魔封岩粉碎四散！強烈的邪氣立刻充滿四周！站在眾人眼前的是……

「那、那就是……路西法．克羅嗎……！」

路西法．克羅乍看之下就有如有翼的女神。雖然她有一張眼神銳利，膚色雪白的美女臉龐，但身上幾乎都覆蓋著類似鳥類的羽毛，纖細的下肢也長著鉤爪。這個鳥型惡魔散發出的靈氣邪惡又強烈，讓我全身發麻，不停輕顫。惡魔們也感受到她滿溢而出的魔力，紛紛主動下跪。

她的能力值到底有多強呢？我對路西法．克羅發動能力透視。

路西法．克羅

Lv：99（MAX）
HP：1152047　MP：254528
攻擊力：899777　防禦力：750121　速度：919876　魔力：185411
成長度：999（MAX）
耐受性：火、水、風、雷、冰、土、闇、毒、麻痺、詛咒、即死、睡眠、異常狀態
特殊技能：魔法弓（Lv：MAX）　攻擊迴避（Lv：MAX）　飛翔（Lv：MAX）
特技：風雷掌打（Pararides）
疾風絕矢（Master Windarrow）
全體索敵型魔法弓（Diabolus Rain）
性格：冷酷

——這、這是什麼能力值啊……！真的是魔王級的……！

凱歐絲・馬其納和伊雷札似乎也透視了她的能力，異口同聲地發出讚嘆。

「好厲害、好厲害、好厲害的能力值啊～！遠遠超過以前的魔王傑諾斯羅德呢！」

「是啊，大概是因為吸收了瑪那，使魔力更強大了。」

看來為了解除封印而收集來的生命波動，讓路西法．克羅的能力獲得了提升。聽到凱歐絲．馬其納他們這麼說，聖哉皺起眉頭。

「天啊。」

「果、果然你也覺得不安呢！讓這種魔物復活真的好嗎？」

「不……原來以前的魔王叫傑諾斯羅德啊。這還是我第一次聽到，要趕快記起來免得忘記。」

「！現在那種事根本無關緊要吧！」

雖然我原本也不知道就是了……不過看聖哉那麼悠哉，他真的有好好看過路西法．克羅的能力值嗎？態度也太隨便了吧！以前他從來沒這樣過啊！

我正感到失望時，路西法．克羅緩緩地走了過來。羅札利大喊。

「路西法．克羅！妳能復活真是太好了！快從龍人的魔掌中拯救人類和惡魔吧！」

但路西法．克羅對羅札利視若無睹，直接從她身旁經過，走向伊雷札與凱歐絲．馬其納。凱歐絲．馬其納舉起手，要羅札利稍安勿躁，伊雷札則畢恭畢敬地低頭行禮。

「傑諾斯羅德已亡，今後所有惡魔將奉路西法．克羅大人為王，宣誓效忠於您。」

「……這樣啊，原來魔王傑諾斯羅德已經滅亡了嗎？」

她的聲音既冷酷又充滿威嚴，很有女王的架式。伊雷札恭敬地回答。

「傑諾斯羅德是在您被封印的期間敗給了龍人。」

「區區龍人竟能打敗魔王？」

「目前掌控蓋亞布蘭德的，是擁有傳說的聖劍伊古札席翁的神龍王馬修．德拉哥奈特，以及他所率領的龍人們。目前他們也入侵了我們的領土……」

伊雷札把帕拉杜拉侵入結界內的現況告訴路西法．克羅。路西法聽完後，用冷酷的眼神看向建築物的門。

「雖然很想再多了解這個世界……不過現在先把那個龍人除掉吧。」

路西法的話讓惡魔們興奮不已，發出「喔喔喔！」的歡呼。路西法踩著威嚴的步伐，在惡魔們的簇擁下將門打開，走到屋外。羅札利和人類幹部也連忙跟在後面。

——感、感覺挺可靠的！看起來路西法還比聖哉更像勇者呢！

「聖哉！我們也走吧！我們可不能輸給惡魔啊！」

「要我去也行，不過我不會動手。我打算躲在安全的地方，偷偷觀察路西法．克羅戰鬥的過程。」

「呃，你這算哪門子的勇者啊！反正我們先出去啦！」

「那麼，我要先做最後的確認……妳真的不需要軟木塞嗎？」

「不需要！」

我抓起意興闌珊的聖哉的手，追在路西法的身後。

第十八章　闇之魔法弓

路西法在伊雷札及凱歐絲·馬其納的陪同下，昂首闊步地走在鎮上，看起來真是威風凜凜。

我在後面走了一會兒後，聽到女性尖叫的聲音。我連忙要去救人時，有幾個惡魔驚慌失措地跑來找伊雷札。

「伊雷札大人！惡魔之劍的士兵在鎮上大鬧！」

「他們被龍人占據了身體，就算是我們的士兵也不用客氣，在傷亡人數增加前盡快殺掉。」

「是！」

在伊雷札下指令時，猶如暴動的混亂現場在我眼前展開。人類像無頭蒼蠅般逃竄，一群群惡魔不知如何是好，神情慌亂不已……一看就知道到處追趕他們的士兵舉止不太對勁。士兵的人數有……五……六……不，還有更多！竟、竟然有這麼多惡魔士兵受到操控！到底是什麼時候被龍人寄生的！

「伊雷札大人有令！把失控的惡魔士兵都殺了！」

剛才收到指令的士兵如此喊道。原本群龍無首的惡魔們一聽，表情全變了。其中一個惡魔用短刀般的利爪攻擊惡魔之劍的士兵，士兵皮開肉綻，鮮血泉湧而出，那是從肩膀裂到腰部的致命傷。但就在那一瞬間，有條小龍從惡魔士兵的傷口衝出來，迅速爬到那個惡魔身上，並鑽進他的尖耳裡！

「嗚哇啊啊啊啊啊啊啊啊！」

惡魔大叫一聲倒在地上，身體扭來扭去，看起來很痛苦。一會兒後，他緩緩起身，就像忘了先前的痛苦般咧嘴獰笑。

「呼嘻嘻哈哈……！願聖天使庇佑吾等！」

——簡、簡直就像傳染病！原來帕拉杜拉那傢伙是這樣增加數量的！

「聖哉！我們得找出帕拉杜拉的本體才行！」

「沒必要找本體。」

「你、你也差不多一點！如果這個鎮在打倒神龍王前就毀了的話，一切都完了，你懂嗎？」

「不懂的人是妳才對。根本不用管本體在哪裡，因為所有寄生在惡魔身上的小龍都是他自己。我猜他大概分裂成了數十個，甚至數百個。就算解決其中一部分，對他造成的傷害也不大。」

原、原來如此！聖哉是因為模仿了他的技能，才能分析得這麼詳細吧……不過……

「等一下！你說他寄生了幾百個惡魔嗎！」

「我是他的話，就會這麼做。」

「太扯了吧……！」

被帕拉杜拉寄生的惡魔士兵化為暴民，在鎮上到處作亂。後來，他們察覺到圍繞路西法·克羅的人魔小隊，就一起朝那邊走了過去

「莉、莉絲姐！那些傢伙朝這裡來了！」

惡魔士兵個個步履蹣跚，臉上掛著傻笑。那詭異的模樣讓我和賽爾瑟烏斯忍不住後退。

這時凱歐絲·馬其納擋在被寄生的惡魔前方，手持跟她身高差不多的大劍輕輕一揮，就把走在前頭的惡魔士兵劈成兩半——但小龍也同時從傷口中竄出，撲向凱歐絲·馬其納的嘴！

「危險！」

我忍不住大叫……好在只是虛驚一場。小龍在侵入口腔前，就被凱歐絲·馬其納的利齒咬斷了頭部。她呸了一聲把頭吐出來，臉皺成一團。

「啊～好難吃，難吃死了～」

凱歐絲·馬其納表現得游刃有餘，但後方的惡魔士兵仍毫不猶豫地前進。

「願聖天使庇佑吾等！願聖天使庇佑吾等！」

凱歐絲·馬其納不禁搔搔臉，露出困擾的表情。

「唔～這數量有點棘手呢～」

凱歐絲．馬其納退後一步，伊雷札則擺出備戰的姿勢。但過了一會兒後，被寄生的惡魔們同時停下腳步，其中一個惡魔士兵開口。

「……嘻嘻嘻，你們之中有個魔力很驚人的傢伙呢。」

聽到他這麼說，我第一個先看向聖哉。聖哉為了護身，用火焰覆蓋全身，看起來真的很強。

——這傢伙被聖哉的火焰嚇到了！畢竟要是連本體被一起燒掉，他就完蛋了！

「哼！像你這種小貨色，一定會馬上被聖哉幹掉的！」

但惡魔對我的話充耳不聞，看向完全不同的方向。寄生於惡魔士兵的帕拉杜拉看的不是聖哉，而是路西法．克羅……呃，原來是指她啊！

「呼哈嘻嘻嘻嘻！這樣啊，那個惡魔就是你們的希望嗎！也不枉費你們躲在結界裡偷偷準備了那麼久！這股強大的靈氣完全凌駕於眾人之上呢！」

帕拉杜拉用佩服的語氣喊完，又露出卑鄙的笑容。

「不過，不管多強都沒差！我的分身已經侵入鎮上大部分的惡魔體內了！」

聖哉猜得沒錯。從帕拉杜拉的發言推測，他很可能已經寄生了好幾百隻。即使如此，伊雷札依然冷靜地開口。

「那又怎樣？雖然對那些同胞很抱歉，但也只能將他們連同體內的你一起殺了。」

「嘻嘻！這麼快就做出切割，的確很像惡魔的想法！不過要是同樣的事發生在你身上，你還能這麼冷靜嗎？」

「你說什麼？」

到了下一秒，伊雷札突然出現異狀。他用低沉的聲音痛苦呻吟，六隻手中的一隻手摀住腹部，然後……

「嗚嘎啊！」

伊雷札大叫，肚子同時裂開，一隻渾身是血的小龍探出頭來！小龍伸出鮮紅的舌頭笑了！

「笨蛋！我也有寄生在你身上啦啊啊啊啊！」

「你、你到底是什麼時候……跑進我體內的……！」

「嗚嘻哈哈哈哈！不想死就服從我吧！」

簡、簡直就像外星人！是在遠征途中？還是趁剛才不注意的時候？完全不知道是何時寄生的……感覺好可怕！果、果然還是應該跟聖哉拿軟木塞嗎！

當我把女神的尊嚴和陰道塞軟木塞這兩件事放上腦中的天平衡量時，帕拉杜拉的分身又縮回伊雷札的肚子裡了。伊雷札用苦悶的表情對部下說：

「不要管我……！快殺了……我……！」

就在同一瞬間，伊雷札的表情出現變化。從他獰笑的嘴裡發出的，是跟剛才截然不同的高亢嗓音。

「喔喔！好識大體喔！那就把我連你們的大將一起殺了吧！不過即使被幹掉一兩隻，我也根本不痛不癢！如果想打倒我，就得把鎮上所有分身殺到一隻也不剩！呵嘻嘻嘻！但這種事是絕對不可能發生的啊啊啊啊啊！」

我倒吞一口口水。

嗚嗚嗚！這傢伙不但制壓了這個鎮，還拿惡魔們當人質……帕拉杜拉——他身體雖小，卻是相當棘手的強敵！該怎麼突破這個僵局啊！

「來吧，快把覆蓋這個鎮的結界解除！」

寄生在伊雷札身上的帕拉杜拉出言恐嚇。凱歐絲・馬其納咂了下舌，羅札利也顯得呼吸急促。

我很在意聖哉的動向，於是回過頭去……卻不見聖哉的人影。

「奇怪？」

我一時以為是自己看漏，便往四周張望。找了一下後，我發現著火的聖哉和賽爾瑟烏斯躲在幾公尺以外的民宅後方，兩人都只探出半個頭來。我連忙跑過去喊他們。

「喂，你們在這裡幹嘛！」

「當然是要躲起來了。雖然我用火焰覆蓋全身，做了徹底的防護，但萬一還是像伊雷札一樣被寄生的話，那可就糟了。」

「你的身體燒成那樣，連隻螞蟻都沒辦法靠近啦！我說你也別躲了，快幫忙想想辦法啊！」

「妳不用管他們。與其插手管事，倒不如見識一下那個人魔聯軍苦等十年的惡魔究竟有何能耐。」

「咦……」

聖哉努了努下巴。我往他示意的方向看去，不禁倒抽一口氣。原本一直保持沉默的路西法·克羅，現在正用凌厲的眼神看著帕拉杜拉。她往前一步，用如冰般冰冷的聲音開口。

「真令人感嘆，沒想到蓋亞布蘭德已成這種鼠輩猖獗的世界。」

「妳……剛才說什麼？鼠輩？竟敢說我是鼠輩？呵嘻哈哈哈哈！笨蛋！現在你們魔族的性命就掌握在我這個鼠輩的手上！」

「那只是錯覺，你手上根本空無一物。」

路西法輕輕挪移雙臂，做出拉弓的動作。在沒裝備任何物品的手臂周圍，出現了類似黑霧的物體，形成一副魔法弓箭。

——漆、漆黑的魔法弓！那是路西法·克羅的特技！

她以媲美弓之女神蜜緹絲大人的優雅動作架起魔法弓，卻沒有瞄準帕拉杜拉，而是朝天空射出黑色箭矢。

「喂、喂喂！那傢伙到底在射哪裡啊！」

賽爾瑟烏斯在一旁窮嚷嚷。那根細長羽箭飛過高空，遭寄生的惡魔們也一起望著箭哄堂大笑。但是，這時有東西從被箭劃破的雲隙間出現，看得我目不轉睛。

「那是……什麼……！」

飄浮在上空的是個巨大黑球！黑球表面布滿無數「眼睛」，骨碌碌地轉啊轉！

「莉絲妲！那個怪物是什麼！是召喚嗎？路西法的特技不是魔法弓嗎！」

「那、那種事我哪知道啊！」

「……那應該就是路西法的魔法弓吧。」

聽到聖哉的喃喃低語，我一時說不出話來。

——那、那種怪物是魔法弓……？

這跟聖哉以前學的魔法弓明顯不同！當我和賽爾瑟烏斯正為這過於另類的魔法弓感到錯愕時，路西法低聲說：

「從我的同胞體內出來吧。」

她接著在身體前方交叉手臂。

「千災萬厄，傾瀉而下吧……『全體索敵型魔法弓』。」

飄浮在空中的球體怪物瞬間發出光芒，爆炸四散。我的眼睛勉強捕捉到在空中擴散開來的無數黑色軌跡，那些軌跡如同導彈，以驚人的速度朝地面上的惡魔落下！

「嘎哈……！」

黑色軌跡貫穿伊雷札的身體，讓他不住呻吟。除了伊雷札外，這波唐突的黑色軌跡攻擊也讓鎮上的惡魔陸續倒下。不過，軌跡並沒有射向羅札利和凱歐絲·馬其納，而我、聖哉和賽爾瑟烏斯當然也沒事。我這才恍然大悟，對聖哉大喊。

「難道她只攻擊被帕拉杜拉寄生的惡魔嗎！這是怎麼辦到的！」

「應該是球體怪物先掃描過鎮上所有惡魔的體內後，再用全體攻擊的魔法弓一網打盡吧。」

「那、那麼，所有被寄生的惡魔都被殺了嗎！」

「不……」

在聖哉的視線前方，是倒地呻吟的伊雷札。身體有一半被打爛的帕拉杜拉，則從伊雷札口中掉了出來。伊雷札雖咳得厲害，但至少還活著。其他倒地的惡魔也紛紛清醒，慢慢地站了起來。

「這、這是怎麼回事！明明被黑色軌跡貫穿身體，為什麼他們都沒事！」

「那些魔法箭是由闇之力形成，惡魔剛好有對闇的耐受性，所以伊雷札他們即使被貫穿身體也照樣沒事。」

聖哉躲在房子後面解釋，而在另一頭的路西法則對匍匐在地上的瀕死小龍投以冰冷的視線。

「我的魔法弓已將寄生於同胞體內的一百八十一隻小龍全數清除完畢。」

「竟、竟然只將我的分身……一次全部……射穿……！怎、怎麼可能……」

帕拉杜拉彷彿被曬成了乾一動也不動，之後——陷入了一片寂靜。

人類和惡魔沉默了好一會兒後，凱歐絲・馬其納突然興奮地吶喊。

「奇、奇蹟！這是奇蹟啊～！太棒了，太棒了，真的太棒了～！」

這句話成了信號，讓鎮上的惡魔也跟著歡聲雷動。他們圍在路西法身旁，七嘴八舌地讚頌她。

看到惡魔們情緒沸騰，我反而打心底戰慄不已。

狀、狀況明明那麼棘手，她卻能輕易扭轉頹勢！路西法・克羅——真的是深不可測的怪物！

這時，我發現聖哉從房子後面走了出來，覆蓋體表的火焰也解除了。他走近那群歡呼連連的惡魔，拍出清脆的拍手聲。

「做得很好，值得稱讚。」

「！你以為你老幾啊！」

「就跟我預料的一樣，路西法・克羅應該能和神龍王打得平分秋色。今後我會專心負責後援，全力支援路西法。」

「你、你是認真的嗎！」

「這樣就能安全地攻略扭曲蓋亞布蘭德了。」

真、真令人不敢相信！竟然說要專心負責後援……這樣根本不像勇者，只是一個路人嘛！

我不禁嘆氣，羅札利卻在我背後低聲贊同。

「沒錯，這樣就好。人類只要負責支援路西法就好。只要有這個傳說級的惡魔在，一定能打倒神龍王的……！」

羅札利頂著興奮發紅的臉，穿過那群惡魔來到路西法身旁，伸出手想與她握手。

「請容我再次自我介紹……我是人魔聯軍的人類代表，羅札利．羅茲加爾多。」

路西法沒有和她握手，只是用冷漠的眼神看著羅札利。但羅札利不以為意，依舊大聲開口。

「路西法．克羅！請妳從神龍王的手中拯救人類吧！」

路西法皺了下眉頭。她不對羅札利，而是對周圍的惡魔喃喃發問。

「我從剛才就很在意，這個鎮上的人類……似乎不是奴隸。為何魔族要跟人類群居在一起？」

「人類和惡魔正為了消滅龍人而合作。」

羅札利說完，拿出人魔協定的文件，但路西法依然不改其冷漠的表情。羅札利擠出一絲笑容。

「也難怪妳一時會無法理解，畢竟妳不知道人類與魔族一起走過的十年歷史。」

這時，伊雷札介入羅札利和路西法之間。

「羅札利，就由身為同族的我向路西法大人說明吧。」

「喔喔，好吧，拜託你了。」

伊雷札用畢恭畢敬的語氣對路西法說明。

「自從神龍王在十幾前打倒魔王傑諾斯羅德後……就展開了龍族、魔族和人類三方角力的戰亂時代。我們魔族在戰爭中運用死亡馬古拉的邪法和奇爾卡布爾的召喚，成功將原有的魔力提高數倍。不過說到能力提升，人類也是不遑多讓。」

伊雷札邊說邊指向羅札利。

「羅茲加爾多帝國研發出將惡魔之力植入人體的方法，所以除了這位羅札利．羅茲加爾多外，像是已故的帝國魔法師弗拉希卡等人類的力量，也同樣變得不可小覷。而當人魔像這樣彼此競爭的同時，龍族的實力也持續增強中。為了打破這個僵局，我們和人類簽了協定，約定雙方會齊心協力，一起消滅龍族……」

羅札利點點頭。伊雷札接著從羅札利手上接過人魔協定，用跟剛才同樣的表情平靜地說：

「沒錯，這就是人魔協定——是在路西法大人復活前，用來欺騙愚蠢人類的虛假盟約。」

第十九章　十年的羈絆

羅札利在我眼前臉色大變，怒瞪伊雷札。

「你說欺騙？這是什麼意思！我們人魔應該是平等的吧！」

「人魔是不可能平等的。從史前時代開始，你們就連家畜都不如。」

伊雷札的態度與前一刻判若兩人，四周瀰漫緊張的氣氛。賽爾瑟烏斯戳戳我的肩膀。

「喂，妳不覺得這樣的發展很奇怪嗎？」

「就跟我想的一樣……！他們果然被惡魔騙了！」

羅札利情緒過於激動，連聲音都顫抖起來。

「伊雷札……別惹毛我！你應該沒忘記……得到惡魔身體的人類力量有多強吧！」

羅札利發動惡魔之手，拔劍往地面一劈，驚人的力道讓地面都凹陷了，但伊雷札仍是老神在在。

「沒錯，那股力量在過去的確對我們魔族造成了威脅，而若我們繼續跟人類爭鬥，龍人就能坐收漁翁之利，所以我們才想在時機來臨前盡量利用你們。不過，現在路西法大人已經復活，再這麼做也毫無意義了。」

伊雷札把人魔協定扔到一旁，用深紅色的眼睛睥睨羅札利。

「契約終止，這鎮上所有人類都該死。」

這句讓人極度不安的話讓羅札利周圍的幹部們一片譁然。羅札利大喊：「別慌！」並撿起人魔協定。

「你要怎麼想隨便你，不過只要有人魔協定在，惡魔就不能對人類下手！」

那張盟約書的確帶有強大的魔力，這一點毋庸置疑，連狂戰士化的聖哉都無法破壞它。換句話說，要改寫內容也是不可能的。

——可是……為什麼伊雷札能表現得這麼從容呢？

羅札利用未入鞘的劍對準伊雷札，狠狠瞪著他。

「盟約上有寫『惡魔無法加害人類』，但我們人類並沒有受到這樣的限制。只要我有這個意思，也是可以滅掉惡魔的。」

這次換羅札利威脅伊雷札，但伊雷札的表情依然毫無變化。

「妳說得沒錯，魔族的確無法傷害人類，也無法毀棄盟約。條文上也明文規定，能毀棄盟約的人只有一個，就是人類的代表羅札利．羅茲加爾多。」

伊雷札的臉上露出獰笑。

「沒錯……要毀棄盟約的人不是我們，而是妳自己。」

「你在說什麼——」

羅札利說到一半軋然而止，拿著人魔協定的惡魔之手不停輕顫。

「我、我的手……！」

有股違反其意志的力量正在運作，羅札利則在拚命抵抗。但在這時，殘酷的撕裂聲響起，那張無論聖哉怎麼試都毫髮無傷的盟約書竟然輕易地被毀於一旦。羅札利看著被自己毀棄的人魔協定，臉上一陣錯愕。伊雷札發出嗤笑。

「我們早就想出方法來操縱得到惡魔之力的人類了。如果帝國魔法師弗拉希卡還活著，或許還能用魔法阻止吧。」

親眼目睹人魔協定遭到毀棄，羅札利周圍的幹部們都語帶畏怯。

「怎、怎麼可能……發生這種事！」

「我、我們今後該何去何從啊……？」

另一方面，全程旁觀的惡魔之劍士兵和鎮上的惡魔們，臉上無不浮現邪惡的笑容。在那一瞬間，我感覺到原本受到壓抑的邪氣和殺氣充滿整個鎮上。

——嗚嗚，果然是惡魔！比人類更詭計多端！絕不能相信這個種族！

惡魔真是狡猾。早在締結人魔協定時，就已經連毀約的方法都想好了。而且他們還消除了邪氣，欺騙人類長達十年。

失去人魔協定這個內心依靠的羅札利，步履蹣跚地走向凱歐絲・馬其納。

「凱歐絲・馬其納……！難道連妳也要背叛我嗎……！」

凱歐絲・馬其納別過臉去，始終不發一語。羅札利用傾訴般的語氣吶喊。

「我們之前為了討伐龍人，曾一起遠征過無數次！妳甚至救過我的命！跟妳共度的這十年歲月……難道全是一場騙局嗎？」

「公主……」

凱歐絲・馬其納這麼說完，回頭看向羅札利。看到她臉上的表情，我一時無法言語。因為掛在凱歐絲・馬其納臉上的，是我和聖哉以前也看過的殘酷笑容。

「惡魔壽命很長～就算妳覺得十年很長，對我們來說也不過是幾個月而已～再說～我當然會背叛也會說謊了～因為——」

馬其納・凱歐絲用更高的音量發出妖媚的笑聲。

「我們是惡魔嘛～！」

「……妳這傢伙！」

羅札利咬牙切齒，拿劍砍向凱歐絲・馬其納。然而……

「封印解除。」

凱歐絲・馬其納喃喃低語，靈氣瞬間增強。她沒有拿擅長的大劍，只是揮動手臂就打飛了羅札利的劍。劍一邊旋轉，一邊飛上空中。

「什麼……！」

羅札利在驚訝之餘又挨了一記掃腿，一屁股跌坐在地。凱歐絲・馬其納以彷彿只是在安撫小孩的輕鬆態度擋下攻擊，順勢騎在羅札利身上。

「對不起喔～其實我比妳要強多了～妳要記得，真正的強者都會留一手，不到最後不表現出來的～」

羅札利企圖掙扎，卻被揪住後頸，遭到壓制。凱歐絲．馬其納接著將臉湊近羅札利的臉，用長舌頭舔了她的臉頰。

「呵呵呵，我們也算有點交情了～要我把妳剝光戴上項圈，當成晚上的床伴也可以喔～」

羅札利咬緊牙關，又羞又怒，整張臉漲得通紅。不久後，她或許是領悟了即使抵抗也是白費力氣，乾脆轉頭不看凱歐絲．馬其納。

我身旁的賽爾瑟烏斯目睹此景，發出吞口水的聲音。

「凱歐絲．馬其納……！這傢伙不但惹人厭……還有夠色的！晚上的床伴？哈啊哈啊哈啊……我有點興奮起來了！」

「！還想說你是要講什麼，結果內容竟然這麼無聊！」

凱歐絲．馬其納起身後，周圍的惡魔看著趴在地上，面容憔悴的羅札利，發出猥褻的笑聲。

「嘎哈哈哈哈！凱歐絲．馬其納大人才不可能信任妳呢！」

「妳這個女人真蠢！還照我們的話準備活祭品！」

「好啦好啦，別這麼說，我們得感謝公主才行。多虧有她，路西法大人才能復活啊～」

凱歐絲．馬其納用陶醉的表情望著路西法．克羅。

「看啊！那能力值是如此驚人，連魔王傑諾斯羅德也只能甘拜下風！神龍王根本不足為懼！接下來，魔族稱霸世界的時代即將開始～！」

惡魔們頓時歡聲雷動。羅札利方的幹部和鎮上的人類則開始慌忙逃離現場。

惡魔的背叛、小鎮的崩解全都來得這麼突然。不過，在這混亂的局面中——

「鳳凰自動追擊。」

響起聖哉冷靜的聲音！剎那間，幾十隻火鳥從他背後飛出來！

——聖哉！之前一直像個路人的他……終於要來真的了嗎！沒錯！這個人在情況緊急時，還是會挺身而出的！

不管怎麼說，他好歹還是勇者。正當我對他稍微重拾信心時，卻發現聖哉的鳳凰自動追擊沒有飛向伊雷札和路西法，而是飛往完全不同的方向。

「奇怪？那些鳳凰呢！」

「我突然想到，萬一有帕拉杜拉的分身沒被路西法除掉，成了漏網之魚的話，到時會很麻煩，所以我放鳳凰自動追擊去鎮上查看。」

「！都這個節骨眼了，還做這種讓人誤會的事！你不是應該要打倒惡魔嗎！」

「我說過別管他們了。再說，惡魔背叛人類原本就理所當然，對計畫並不造成阻礙。對我來說，只要路西法最後能打倒神龍王就好。」

「你又說這種話了！不能光靠那個啦！」

我邊說邊指向路西法，呼吸卻差點停止。因為路西法正從遠方看著我們！

「……凱歐絲・馬其納，那邊的人類是什麼來歷？能力值比妳剛才擺平的女人還高。他身旁的男人和女人也散發出可怕的神靈之氣。」

嗚、嗚哇！她是指我和賽爾瑟烏斯吧！

我不禁心跳加速。凱歐絲・馬其納笑著說：

「聽說那是勇者、女神及男神～不過您毋須擔憂，反正那只是『舊時代的遺物』，根本無法與現在的路西法大人為敵。」

「妳、妳說誰是遺物啊！」

「畢竟畢竟～路西法大人的能力值高出那個勇者好幾倍嘛～再說～我們好歹也有準備這個呢～」

凱歐絲・馬其納從背後的惡魔手上接過一把細長的劍。從劍鞘中拔出的劍身上，散發出不祥的靈氣。

「嗚……！」

「這是連鎖魂破壞。至於效果……不用我說明，你們應該也知道吧～」

我戰慄不已，賽爾瑟烏斯也語帶畏怯。

「慘、慘了！會被殺的！」

就在這時，傳來了啪沙啪沙的聲音。我回頭一看，竟然有更多鳳凰自動追擊飛出聖哉的背後，數量比剛才多了快一倍！

——聖哉終於要採取行動了！

不過那群鳳凰並沒有飛向惡魔，而是朝鎮上飛去。

「為了確定是否有清除乾淨，我又追加了五十隻。」

「！你還在搞那件事啊！話說你到底要放幾隻！當自己在養鵜鶘啊！」

「呼～都看到這個狀況了，竟然還是那種態度……真是個另類的勇者呢～」

凱歐絲．馬其納似乎被聖哉的行動唬得一愣一愣的，露出滿是錯愕的表情。聖哉點點頭。

「我無意與你們為敵，甚至還想幫助你們。」

「哦～？」

我對戰意全無的聖哉傻眼到不行。賽爾瑟烏斯在我耳邊悄聲說：

「我、我問妳喔，莉絲姐，聖哉先生他……是不是覺得自己打不過路西法啊？」

「咦咦！你應該也知道聖哉有多強吧！就算原本的能力值大輸對方，只要使用狂戰士化，那怕是路西法也——」

「就算能力值能接近好了，那種魔法弓要怎麼擋啊？」

「那、那個……！」

賽爾瑟烏斯難得問了這麼一針見血的問題，我只能沉默以對。

是、是這樣嗎，聖哉！是因為就算打也贏不了……所以才想拉攏路西法嗎！

這時賽爾瑟烏斯突然將拳頭握得喀啦作響。

「……我要上了。」

「等、等一下！連聖哉都贏不了的對手，你怎麼可能敵得過！而且對方還有連鎖魂破壞耶！」

我這才發現賽爾瑟烏斯的頭上不知何時長出了魔神的角。

「魔神化？小烏諾不是說最好別在下界發動嗎！」

「我才解放了幾%的力量，這種程度沒什麼大礙的。」

真、真的要打嗎！到了這個關頭，身為劍神的熱血終於澎湃起來了嗎！

我對他的印象改觀，不過也只維持了一下。賽爾瑟烏斯走近那群惡魔，露出諂媚的笑容。

「請看這對角！我其實是魔神喔！沒錯，是各位的同伴喔！凱歐絲・馬其納大人，如果您不嫌棄，可以也讓我當您晚上的床伴嗎！」

「！竟然自己主動報名當床伴候選人————！你這個下三濫男神啊啊啊啊啊啊啊！」

我忍不住尖叫。至於另一個下三濫，則在附近自言自語。

「鎮上檢查完畢。真不愧是路西法．克羅，到處都看不到倖存的帕拉杜拉。」

「現在不是稱讚她的時候吧！路西法是人類的敵人啊！」

「不干我的事。」

接著，聖哉走向那群簇擁著路西法的惡魔，並對擋在他前方的凱歐絲．馬其納開口。

「我剛才也說過，我無意與你們為敵。讓我們一起合作打倒神龍王吧。」

「勇者要幫助惡魔～？反正你一定是騙人的吧～？你是沒辦法騙過惡魔的～」

伊雷札也走過來瞪聖哉。

「勇者啊，如果我要把這個鎮上的人類都殺了，這樣也沒關係嗎？」

「嗯，我完全不在意。」

聖哉不假思索地這麼回答，讓伊雷札和凱歐絲．馬其納都露出吃驚的表情。我當然也驚訝地大喊：

「拜託你在意一下啦！」

不過聖哉似乎突然想到了某件事，露出疑惑的表情。

「不，等等，你說『鎮上的人類』，難道……該不會……也包括我在內嗎？」

「呵呵呵，勇者也是人類吧，這是當然的。」

伊雷札笑了。賽爾瑟烏斯臉色大變。

「我、我不算吧？我應該是夥伴吧？」

「你也不行啦～不管是當魔神還是當神，你的靈氣都很半吊子～再說你跟那個勇者是一夥的，本來就信不得了～」

「怎、怎麼這樣！」

賽爾瑟烏斯立刻退回我這裡。

「呿！本來想趁那些惡魔不注意時，把他們全宰了，看來還是行不通啊！」

「我現在很想宰了你啊……！」

聖哉仍站在凱歐絲．馬其納身旁，做出沉思的動作。

「要是會危害到我，那就傷腦筋了。」

「啊哈哈哈！傷腦筋？你是打算求饒嗎？唉，你這個勇者實在太沒用、太沒用、太沒用了～！」

「拜託，要殺的話，可不可以只殺我以外的人類就好？」

「！不，他是真的在求饒啊啊啊啊啊！聖哉，拜託你別這樣啊啊啊啊啊啊啊！」

我覺得既丟臉又難過，忍不住大叫。但聖哉依然不死心，對著遠處的路西法．克羅喊話。

「我們坐下來好好談吧，妳要殺多少人類都沒關係。在討伐神龍王時，我也會在背後助妳一臂之力。為了證明我所言不虛，要我現在去鎮上殺個幾人也無妨。」

爛、爛、爛透了……！就算這裡是扭曲世界，也真虧他說得出這種話！

看到聖哉用殷勤的態度努力說服路西法，讓我打心底覺得傻眼，忍不住移開視線。這時，我看見羅札利失魂落魄地在喃喃自語。

「我……我這些年來……到底做了什麼……」

她的獨眼流出淚水，沿著臉頰一滴滴落下。

——羅札利……！

羅札利獻活祭品給路西法，以及對忠臣弗拉希卡見死不救的行為，曾讓我由衷地感到厭惡。不過，現在羅札利像是擺脫了束縛一般，恢復成了那個有勇無謀、個性率真的羅札利……沒錯，這正是我所熟悉的她。

「我真是笨……竟然成了惡魔的手下，把人民當成活祭品獻祭……甚至讓弗拉希卡也犧牲了性命……」

她咬住嘴唇，說出懺悔的話語。我不知道這種時候該對她說些什麼。當我正煩惱時，羅札利拿起劍對準了自己。

「等、等一下，羅札利！」

羅札利跟弗拉希卡一樣，毫不猶豫地用劍刺向自己的咽喉。我連忙想阻止她，卻有人早我一步抓住羅札利的手。

「請您快住手，羅札利大人！」

在惡魔們原形畢露後，鎮上的人類幾乎都逃出了這裡。不過……

「妮娜！」

妮娜抓著羅札利的手不放，用真摯的眼神看著她。

「為什麼要阻止我？我可是把妳的父親當成活祭品的人啊。」

「父親他平常就很相信羅札利大人。『羅札利大人其實很善良，但為了拯救人類，只好變得鐵石心腸』……父親是這麼告訴我的。」

「不對……我是……！」

妮娜緊握羅札利的手，露出溫柔的微笑。

「在父親去世的那天，我在回家後發現他留下了一封信，上面寫著『妳絕不能恨羅札利大人』——那就是父親的遺言。」

眼淚從羅札利的獨眼中潰堤而出。

「原諒我……！請妳……原諒我……！」

——嗚嗚，連我都要哭了……！

看著她們緊緊相擁，我不禁拭淚。這邊的場面明明這麼正經，但當我往聖哉那邊看去，卻發現他竟然還在遊說路西法。

「……我再問一次，可不可以只殺這個鎮上的人類就好？」

「！你到底要求饒多久啊啊啊！而且你們的對話從剛才就沒有交集吧！」

這個勇者實在太不像樣，讓我暴跳如雷。路西法也用彷彿看到穢物的鄙夷眼神看著聖哉。

「你就這麼珍惜自己的性命嗎？看來你只是徒有勇者之名的軟弱蟲子罷了。」

「要說我是蟲子也沒關係，只要替我打倒神龍王就好。」

聽到勇者說他當蟲子也沒關係，路西法終於講出重話。

「看了剛才的經過，你難道還不明白嗎？人類和魔族是永遠無法攜手合作的。劣等種族啊，你們必須在我討伐龍人前先滅絕才行。」

凱歐絲．馬其納對這句話產生了反應。

「呃～一定要全部殺光嗎～？留下幾個當家畜使喚如何～？」

「光是有人類在附近，我就會渾身發毛，拿來當家畜毫無意義。」

「可是、可是……」

這次換凱歐絲．馬其納和路西法開始交談，但內容不是要人類死，就是要人類當家畜，只有最慘的選項和絕望的選項兩個可以選。不管落到哪個下場，人類都沒有未來可言。

羅札利在不知不覺間又恢復了劍士的表情。

「妮娜，這是個好機會，趁現在快逃。」

「那羅札利大人您呢……？」

「我怎樣都無所謂，但唯有妳我一定要保護。」

就在大家各自為政時，聖哉忽然「唉──」地大嘆一口氣，帶著明顯不悅的表情走回我們這裡。

「真是的，結果還是變成了這樣嗎？」

他接著轉轉脖子又甩甩手，像在做熱身操般開始活動身體。

「你、你現在又要幹嘛？」

「能不弄髒自己的手就打贏敵人是最安全的上上策……不過看來進行得並不順利。既然變成這樣，那也沒辦法了。」

「咦！你的意思是？」

「我要和路西法．克羅打。」

「是、是喔！你終於拿出幹勁了！可是……沒問題嗎？那傢伙除了全體攻擊的魔法弓外，能力值也確實是魔王級的喔。」

「這不必妳說，我也確認過了。她的能力值跟伊克斯佛利亞的葛蘭多雷翁差不多。」

「喔……你真的有好好看過能力值呢……」

「不管是不是在扭曲世界，都必須時時小心注意，這樣才能保護自己。如果沒辦法順利說服路西法，當然就只能跟她一戰了。」

羅札利似乎有聽到我們的對話，也抬頭瞄了聖哉一眼。

「你們也快逃吧，就算打起來也沒用。路西法．克羅是我們花了十年讓她復活，準備用來討伐神龍王的最後王牌。連前魔王都望塵莫及的傳說級怪物，世上是沒有人類能打敗的。」

「閉嘴，老羅札利。妳只要考慮打完後如何重建毀壞的小鎮就好。」

「喂、喂！」

聖哉把試圖阻止他的羅札利留在原地，朝路西法・克羅走了過去。

第二十章　最後的機會

聖哉朝路西法．克羅走去，凱歐絲．馬其納像護衛般擋在他面前，架起大劍。

「說了那麼多，結果還不是要打～你這種人用不著勞煩路西法大人親自動手～就由我來跟你打吧～」

但路西法抓住凱歐絲．馬其納的肩膀，把她往後拉。

「別輕敵，那個人類用偽裝技能偽造了能力值。」

「咦咦～！是這樣嗎～？看不出來啊～？」

我看向路西法的臉，大吃一驚。她的額頭不知何時冒出了另一隻眼睛，直瞪著聖哉看。

「他的偽裝程度相當高，一般人無法看穿。他原本的能力值比妳和伊雷札還強。」

「……哦，竟然能識破我的偽裝，妳的透視力就跟伊希絲妲的水晶一樣優秀，殺了妳實在可惜。」

聖哉拿劍指向路西法說：

「這是最後的機會。路西法．克羅，追隨我吧。」

「……廢話少說。」

路西法擺出射箭的動作。即使聖哉做出防禦攻擊的姿勢，路西法還是朝天空射出漆黑的箭。雲間裂開了一條縫，出現一個體積龐大，長著無數眼睛的球體怪物。

「聖、聖哉！她要發動全體索敵型魔法弓了！」

路西法注視著聖哉，用缺乏感情的語氣說：

「我已經找出這鎮上所有非魔族的人了。」

糟了！我和賽爾瑟烏斯即使被打到，大概也不會死，但聖哉可就不同了！而且……

羅札利和妮娜在我身旁抱在一起，似乎在支撐著彼此。看到天上出現巨大的眼睛怪物，羅札利也無計可施，只能咬緊牙關。

——嗚嗚！這樣下去鎮上的人全會被殺的！難道不能想想辦法嗎？

「……怎麼可能。」

再過不久，全體索敵型魔法弓應該就要發射了。可是，就在這時……

路西法突然喃喃地這麼說。我一看，路西法正望著天空，而且是望著方向跟她射出的魔法弓相反的天空。我順著路西法的視線看去，不禁感到驚愕。

「不、不會吧！」

天上竟然出現另一個巨大的眼睛怪物！聖哉若無其事地說：

「我試著模仿了路西法的招式。」

就、就在我為羅札利和妮娜擔心時，聖哉竟然模仿了全體索敵型魔法弓……還朝天空發射了嗎！

天上出現了兩個怪物。路西法頓時睜大眼睛，卻又馬上恢復原本的表情。

「我的絕技是不可能模仿得來的，那大概是幻術之類的吧。」

「您所言甚是，再說人類本來就無法使用闇屬性的技能。路西法大人，您不必放在心上。」

路西法對伊雷札輕輕點頭，並在胸前交叉雙手。

「傾瀉而下吧，全體索敵型魔法弓。」

出現在東方天空的眼睛怪物瞬間爆炸，像高爆彈一樣炸開成無數漆黑軌跡，朝鎮上墜落！

「回敬妳。全體索敵型魔法弓。」

聖哉跟路西法一樣交叉雙手，飄浮在反方向天空的眼睛怪物也同時爆炸。漆黑的能量擴散開來，追擊那些要落在鎮上的軌跡。現在——半空中有數百條漆黑軌跡互相交錯，彼此衝撞，發出陣陣巨響。

「好、好厲害！跟路西法的全體索敵型魔法弓互相抵銷了！」

賽爾瑟烏斯大聲讚嘆。但我突然發現，有道漆黑軌跡避開聖哉的全體索敵型魔法弓，以高速衝向妮娜和羅札利！

「危險！」

我一叫，羅札利就立刻趴在妮娜身上，試圖保護她。這時，另一道漆黑軌跡從別的方向迅速衝來，在妮娜面前撞上來襲的軌跡，並隨著爆炸聲與軌跡同歸於盡。羅札利和妮娜對眼前的發展感到愕然，兩人都愣住了。

「太好了……！」

我鬆了一口氣，忍不住這麼說。聖哉瞄了我一眼，用鼻子哼了一聲。

「不可能遺漏的，迎擊的成功率是百分之百。我連全體索敵型魔法弓的發射總數都完全模仿了。」

「這、這樣啊……！」

我不禁倒吞口水。剛才看聖哉模仿龍人的分身時，我還一時意會不過來。原來……這就是小丑袞克的模仿的精髓！全體索敵型魔法弓本來是人類無法習得的闇屬性招式，聖哉卻能完全模仿，甚至把它拿來抵銷原版的招式！沒想到模仿竟是這麼厲害的技能！

之前在冥界被迫模仿大猩猩時，我只感覺自己像個蠢蛋，不過現在回想起來，辛苦還是多少有了回報——當我正悠哉地這麼想時，路西法卻抱著和我截然不同的心境。她面對聖哉，原本沒有表情的臉孔扭曲。

「竟然模仿了我獨一無二的魔法弓……這種事應該連神都辦不到才對。」

「這跟神無關，是冥界居民的技能，不過這不重要。路西法，我有件事想向妳確認。」

「咦！聖哉，你還有什麼事要確認啊！」

「路西法．克羅，我剛才要妳追隨我吧？我還沒聽到妳的回答。」

「呃，聖哉，那發全體索敵型魔法弓就是回答了吧！一看就知道她不想跟你合作啊！」

「她又沒有明確地開口拒絕我。」

聖哉不厭其煩地追問路西法。

「我再問妳一次，這是最後的最後機會了。追隨我吧。」

「……我還是一句『廢話少說』。」

路西法不耐煩地回答，就連我也煩躁起來。真的很煩人耶！不管你怎麼說都沒用啦！路西法那傢伙根本沒意願和人類合作啊！

路西法用三隻眼睛直瞪著聖哉，冷靜地做出分析。

「不論屬性和型態，只要是看過的招式，就能無條件地學會嗎？這能力簡直跟盜賊一樣卑鄙。既然如此，接下來我就用你沒看過的招式吧。」

路西法開始用我沒聽過的古代語言詠唱咒語，並同時以複雜的動作動著雙手，迅速結出手印。轉眼間，在路西法手中出現了一團看似扭曲空氣的物體。

慘、慘了！第一次看到的招式無法模仿！只能閃避或防禦了！

但是，我發現聖哉口中也在念念有詞。當我將視線從路西法移回聖哉時，聖哉手中也同樣出現了扭曲的空氣。

「……記住了。」

「咦咦咦！這明明是第一次看到的招式，為什麼！」

真搞不懂其中的道理！而路西法已將手對準了聖哉！

「貫穿吧，不可見的魔法弓——『疾風絕矢』。」

——不可見！也就是肉眼看不到的空氣箭嗎！

這時，突然「嗡——」的一聲。在低沉的悶響中，路西法的手臂瞬間射出扭曲的空氣，快到我的眼睛幾乎跟不上。

「聖、聖哉！」

我因這波看不見的攻擊急得大喊，聖哉卻用一如往常的冷靜表情，有樣學樣地也朝路西法伸出一隻手。

「……疾風絕矢。」

聖哉喃喃開口的同時，兩人之間的空間竟出現巨大的扭曲！兩邊的不可見魔法弓在空中相撞，形成衝擊波，差點把我吹走。這時，我悟出了其中的道理。

——對喔！如果是詠唱型的魔法，只要在發動前對咒語和動作依樣畫葫蘆，照樣能模仿成功！

凱歐絲・馬其納似乎也跟我一樣對聖哉的模仿感到驚愕。

「怎、怎麼可能……簡直就像鏡子！路、路西法大人～！」

「冷靜點，凱歐絲・馬其納。雖然那的確是不可思議的技能，卻無法傷我半分。對方只是利用卑劣的模仿，在勉強抵擋魔法弓而已。」

大概是聽到她們的對話了吧，聖哉喃喃自語。

「說得也是，花在模仿上的魔力挺浪費的。從現在開始，我就照平常的方式來戰鬥好了。」

「你、你還好嗎，聖哉？我記得模仿很耗魔力……！」

「嗯，經過剛才的模仿後，我現在魔力驟減，只剩幾千發地獄業火的份了。」

「！不是還有很多發嗎！這樣根本沒減多少嘛！」

但本人依舊一臉擔心的樣子。聖哉重新拿好劍，與路西法正面相對。

「所以，我要在短時間內分出勝負。」

「終於要轉守為攻了嗎？不過，不模仿的你根本不足為懼。」

路西法看穿了聖哉的偽裝。得知聖哉原本的能力值低於自己，她大概覺得很放心吧。不過，聖哉的頭髮和眼珠突然染成紅黑色，並在化為狂戰士後瞬間與路西法拉近了距離。路西法用長爪擋下聖哉的劍，臉上難掩驚愕。

「能力值竟然呈倍數暴增……！」

她忍不住拍動翅膀，企圖逃往空中。聖哉雖然也發動了飛翔技能，但或許是考量到空戰對路西法比較有利，所以他選擇在路西法飛抵高空前，先在半空中用劍往下一劈。路西法交叉手臂抵擋攻擊，但仍被打落至地，膝蓋著地。

「你怎麼會有……這種力量和速度……」

不僅如此，路西法擋下攻擊的手臂還被燻得焦黑。聖哉的劍不知何時變成了火焰的魔法劍，像這樣同時使用狂戰士化和魔法劍，在以前是號稱不可能辦到的事。

目睹聖哉的攻擊力後，路西法．克羅拋開原本沉著冷靜的女王風範，展現出滿滿的殺意。

「危險……你很危險……！」

路西法的嘴巴忽然大大地裂開！一路裂到耳朵的口中，長了無數針一般的牙齒！她的眼珠染成漆黑，頭髮豎了起來！

「她、她終於露出本性了！聖哉，要小心啊！」

路西法的臉從秀麗的美女變形成恐怖的惡魔，聖哉卻一點也不驚訝，用平常的語氣開口。

「路西法．克羅，這真的是最最最後一次機會了。追隨我吧。」

「！你到底要讓她考慮多久啊！都這個節骨眼了，誰還願意跟你合作啊啊啊啊啊啊啊啊啊啊啊啊！」

不用想也知道，路西法依舊抵死不從，帶著猙獰的表情衝向聖哉。

「我要把你連頭整個吃掉！」

「……這就是妳的回答嗎？真遺憾。」

聖哉喃喃自語，表情還真的充滿了遺憾。看到他那樣，我不免擔心起來。

「聖哉！別大意啊！」

如果他對路西法還有一絲留戀，很可能會在攻擊時手下留情！在真槍實彈的戰鬥中，這會成為致命的缺點！不過——我的擔心是多餘的。聖哉表情一變，用銳利的眼神看向路西法。

「既然當不了夥伴，那我只好拿出全力，將妳破壞到屍骨無存為止。」

聖哉從腰際的兩把劍鞘中抽出在冥界買的劍，迎戰來勢洶洶的路西法。路西法發出怪鳥般的詭異叫聲，以銳利的爪子狂撲猛抓，聖哉則以雙刀流防禦，打掉對方的爪擊。爪與劍不斷激烈交鋒。聖哉總以些微之差閃過路西法的爪子，而他的雙劍也只能稍微掠過路西法的身體。

——明明是打沒有用魔法弓的肉搏戰，路西法卻能跟狂戰士狀態的聖哉平分秋色……！不，路西法甚至略勝一籌……！

揮動雙劍的聖哉攻擊次數雖然多，卻無法給路西法造成致命傷。另一方面，路西法的爪擊則相當精準，專挑聖哉的弱點攻擊。聖哉的身體必須一直移動，才能勉強閃過隨時能貫穿心臟的必殺攻擊。

「聖哉！」

——聖哉的劍技不如以往犀利！路西法身上連個擦傷都沒有！

看到聖哉居於劣勢，我不禁渾身一顫，但身旁的賽爾瑟烏斯抖得比我更厲害。

「嗚嗚嗚！好冷喔！」

「咦……」

經賽爾瑟烏斯這麼一說，我才恍然回神。我的呼氣凍成白霧！四周的氣溫正在下降嗎……咦，那是什麼！

我發現路西法用來抵擋聖哉攻擊的雙手結凍了。她表情痛苦，已經動不了的雙手頹然垂下，而聖哉的雙劍尖端正對著她。聖哉的劍不知從何時開始散發出寒氣。

「冰凍的束縛之劍技……『冰狼亂封擊（Fenrir Beat）』。」

惡魔們聽了一陣譁然，伊雷札也用呻吟般的語氣開口。

「是、是冰的魔法劍？這傢伙不是火焰屬性的嗎！」

也難怪伊雷札會吃驚。連魔族的招式都能拷貝的模仿技能，加上超越魔法定理的相對屬性魔法劍，無論對我們神還是惡魔來說，這些冥界的技能都超出了理解範圍。

在剛才的攻防戰中，我以為聖哉居於劣勢，不過那其實是我的錯覺。聖哉的攻擊之所以沒對路西法造成致命傷，是因為他在下界發動相異屬性，才會導致失控。雖然精密度和命中率降低了，魔力卻有飛躍性的成長。冰狼亂封擊不斷掃過路西法的體表——並且從接觸的地方開始結冰，一眨眼就覆蓋路西法全身！

「啊……嗚……！」

路西法似乎想說些什麼，但她的頭也立刻被冰包住了！

「妳可能也會從口中或眼中叫出魔法弓，所以把妳全身都凍住了。」

聖哉氣定神閒地喃喃說完後，緩緩靠近凍成冰塊的路西法。

「冰結魔法的束縛力雖高，卻不適合給敵人致命一擊，還是用破壞力強的火焰系收尾比較實在。」

聖哉面向已經無法動彈及言語的路西法，深深吸進一大口氣。

「……真・雙刀流連擊鳳凰炎舞斬（Mode-Double Eternal-Sword-EX Phoenix-Drive）。」

聖哉拿著帶火的雙劍，行雲流水般地恣意揮砍。在化為冰雕的路西法面前，出現了看似魔法陣的深紅色幾何圖案。化為狂戰士的聖哉使出超高速的劍技，在路西法的周圍形成幾十個魔法陣。當魔法陣消失，爆炸般的強光和震波也同時產生，讓冰凍的路西法瞬間解凍，化為徹底焦黑的細碎肉片四處飛散！

——打、打倒路西法．克羅了……？竟然這麼快就搞定了……！

看到聖哉毫髮無傷地站在原處，賽爾瑟烏斯立刻黏了上去，態度極其諂媚地搓揉雙手。

「哎、哎呀，聖哉先生，您真有一套！憑這樣的實力，就算不跟路西法合作也完全沒問題啦！」

「路西法的魔法弓適合暗殺，就算她最後被神龍王幹掉，應該還是能給予一定程度的傷害。神龍王一旦變虛弱，就能更確實地打倒他了。」

——聖哉死纏爛打地要求路西法幫忙，是為了提高自己在神龍王戰的勝算嗎？這的確是聖哉流的謹慎做法……

我自顧自地下了結論，聖哉則一臉嚴肅地說：

「勝負得看當下的運氣。無論實力相差了多少，一旦加入環境、身體狀況等各種因素，就不保證每次都能贏。不過在戰鬥方面，至少有一點是確切的真理。」

「咦？聖哉，那一點是？」

「不打就不會輸。」

「！這不是廢話嗎！」

「反正不管如何，對路西法的懷柔政策都以失敗收場了。接下來，我要想出更能激發惡魔意願的遊說法。」

「拜、拜託，別再搞那種事了……」

我和賽爾瑟烏斯在傻眼的同時也鬆了一口氣。這時，周圍的惡魔七嘴八舌地鼓譟起來。

「包圍那些傢伙！」

在伊雷札的指示下，惡魔從我們四周進逼而來。雖然賽爾瑟烏斯很害怕，不過那些惡魔只是在牽制我們，沒有採取行動。這也難怪，畢竟他們都對打倒路西法的聖哉生了畏懼。聖哉用冰冷的眼神望向伊雷札。

「雖然勝負不到最後不會知道，但你們要勝過打倒路西法的我，機率可說近乎於零。」

凱歐絲．馬其納難得亂了方寸，扯開嗓門大喊。

「如、如果聯合鎮上所有惡魔的力量，結果可就不一定了～！而且我還留了一手——」

「就算妳切開肚子，跑出像牛的本體，也一樣毫無意義。」

「！噫噫噫噫噫噫！你怎麼會知道啊～！」

聖哉拿著還沒收進鞘的雙劍，用銳利的眼神掃視惡魔一圈。

「全都給我退下，不然我砍了你們。」

「嗚……！」

伊雷札和凱歐絲．馬其納震懾於聖哉的魄力，紛紛往後退。羅札利和妮娜跌坐在附近。

當聖哉監視那些惡魔時，羅札利仍舊一臉茫然，似乎完全搞不懂發生了什麼事。

「連傳說的怪物路西法．克羅都任憑他宰割……！為什麼……為什麼他辦得到……！他明明是連惡魔之力都沒有的普通人啊……！」

我對困惑的羅札利說：

「他不是普通人。他不僅是億中選一的奇才，更努力做好了萬全的準備。」

羅札利發出倒吞口水的聲音。

「這就是……被神選出的救世英雄『勇者』嗎……！」

「這個嘛，好像不太一樣。」

聖哉逼惡魔們退到遠方後，依然不放心地在四周放出數十隻鳳凰自動追擊，再用劍收集起路西法殘留的焦炭，照往常一樣用地獄業火狂燒焦炭。

「那、那傢伙到底在幹嘛～！」

「這、這個人類究竟是……！」

無論是狡猾的凱歐絲．馬其納，還是身經百戰的伊雷札，都因聖哉的詭異行徑倒抽一口氣，一動也不敢動。我看著那樣的景象，對僵在原地的羅札利露出微笑。

「他正是『謹慎勇者』。」

後記

誠摯感謝各位購買了本書。我是作者土日月。

目前動畫正在播映，漫畫版也發行到第二集了（註：此指日本版）。想必有不少人是透過動畫或漫畫得知本作的。順便一提，動畫版的標題是《謹慎勇者》，原著的書名則是《這個勇者明明超ＴＵＥＥＥ卻過度謹慎》（好長）。如果想知道動畫、漫畫的後續發展，請務必閱讀原著。

再來是關於本集的內容，這次開始進入扭曲蓋亞布蘭德篇。莉絲妲身處的環境有了極大的變化，而聖哉的謹慎作風更是病入膏肓。在類似平行世界的世界裡，聖哉和莉絲妲（以及另一個人）即將展開新的冒險，希望各位能樂在其中。

我要對這次也畫出精美插圖的とよた瑣織老師以及所有參與本書發行的相關人士表達我由衷的感謝。另外，我也要借這次機會，對製作動畫的ＷＨＩＴＥ　ＦＯＸ以及將原著昇華為精彩漫畫的こゆき老師致上我深深的謝意。第六集的後記就寫到這裡。

土日　月

LV999的村民 1~8（完）

作者：星月子猫　插畫：ふーみ

LV999的村民最後到達的境界——
拯救所有世界，打敗迪米斯吧！

鏡被迪米斯轟得無影無蹤，眾人心中只剩下絕望。但是他們並沒有放棄……因為不放棄就是在絕望之中找到希望的唯一方法！毀滅的時刻正步步進逼，爬升到等級極限的普通村民，將會拯救所有絕望的世界！

各 **NT$250~280/HK$78~93**

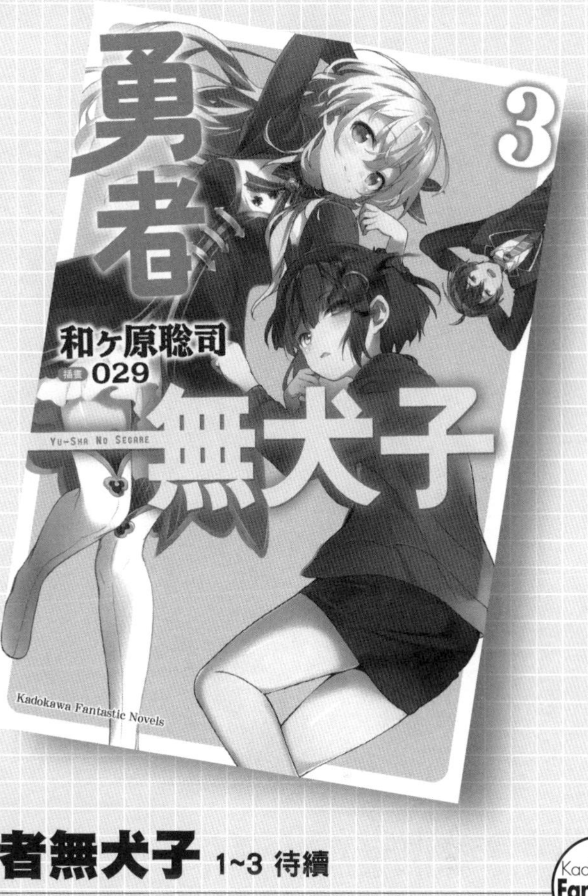

勇者無犬子 1~3 待續

Kadokawa Fantastic Novels

作者：和ヶ原聰司　插畫：029

勇者犬子的冒險終於展開！
高潮迭起的平民派奇幻冒險第三集！

再也忍受不了禊頻繁來襲，英雄決定動身前往異世界安特．朗德。為了讓身上寄宿著禊的翔子同行，劍崎家＆蒂雅娜前去說服翔子的雙親。好不容易取得諒解，一行人跳進通往異世界的大門，沒想到英雄發生異變！分崩離析的一行人，該如何化解危機──

各 **NT$220~240/HK$68~75**

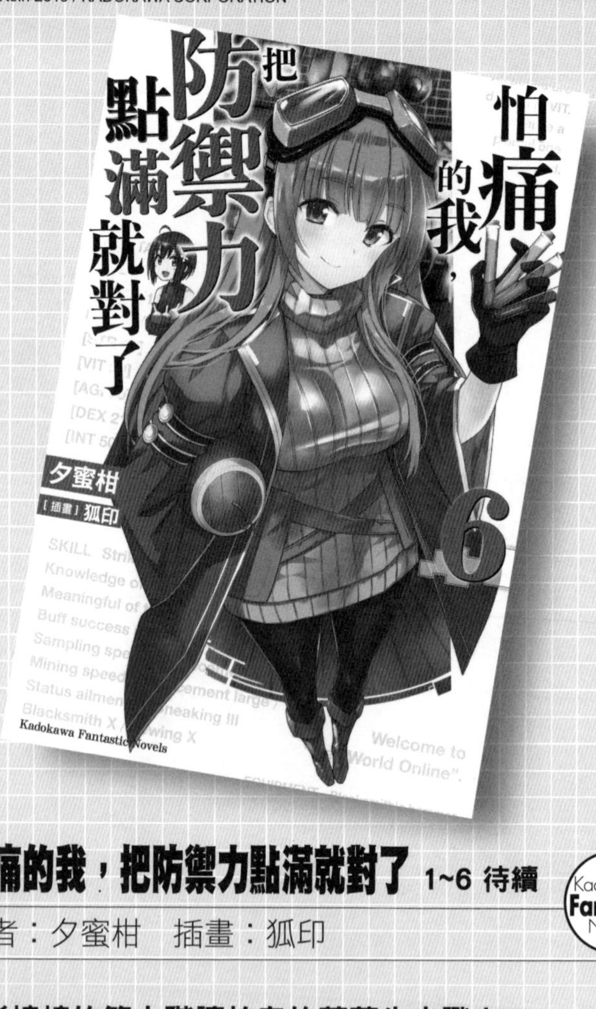

怕痛的我，把防禦力點滿就對了 1~6 待續

作者：夕蜜柑　插畫：狐印

鬼影幢幢的第六階讓怕鬼的莎莉失去戰力!?
梅普露再度讓官方人員哀號連連！

鬼影幢幢的第六階讓好夥伴莎莉失去戰力！為了報答莎莉，梅普露開始探索之旅，而這次當然也不會有正常結果……手變多了？強制馴服史萊姆？最後還搞出BUG？正常運作的梅普露才是最可怕的超自然現象！官方人員哀號中的第六階攻略開幕！

各 **NT$200~220/HK$60~75**

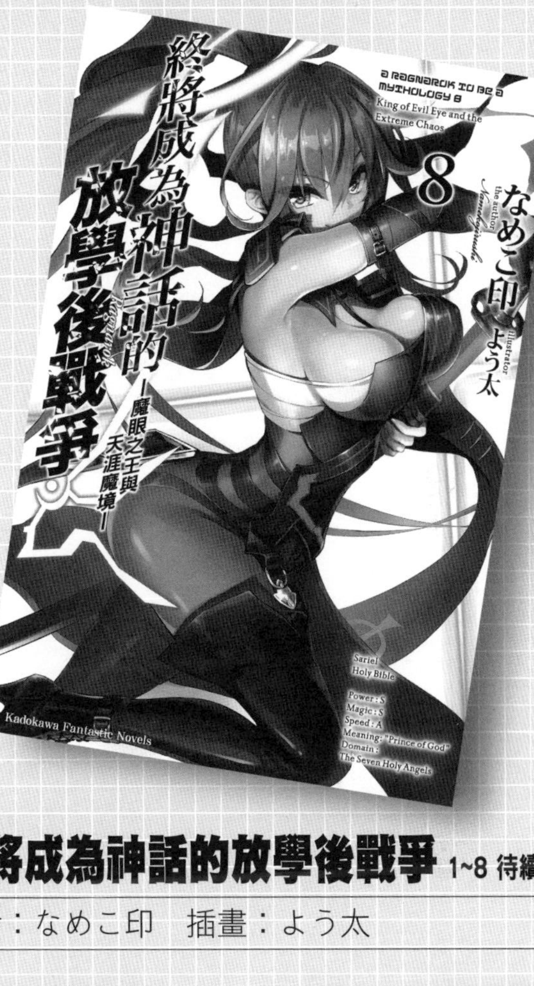

終將成為神話的放學後戰爭 1~8 待續

作者：なめこ印　插畫：よう太

賭上一切對抗吧，
這場戰鬥將成為嶄新神話的序曲！

神仙天華率領的「新生神話同盟」一邊蹂躪世界，同時為了獲得「唯一神」的權能，持續侵略教會的根據地梵蒂岡。在闖入梵蒂岡前夜，夏洛與布倫希爾德跟雷火的戀情開花結果，終於行周公之禮──但阻擋在他們面前的是教會的最強戰力！

各 **NT$220~250/HK$68~82**

國家圖書館出版品預行編目資料

這個勇者明明超TUEEE卻過度謹慎 / 土日月原作；謝如欣譯. -- 初版. -- 臺北市：臺灣角川, 2020.05-
冊；　公分. -- (Kadokawa fantastic novels)
譯自：この勇者が俺TUEEEくせに慎重すぎる
ISBN 978-957-743-758-7(第5冊：平裝). --
ISBN 978-957-743-934-5(第6冊：平裝)

861.57　　109003327

Kadokawa Fantastic Novels

這個勇者明明超TUEEE卻過度謹慎 6

（原著名：この勇者が俺ＴＵＥＥＥくせに慎重すぎる６）

２０２０年８月20日　初版第１刷發行

作　　者：土日月
插　　畫：とよた瑣織
譯　　者：謝如欣

發 行 人：岩崎剛人
總 編 輯：蔡佩芬
編　　輯：蘇涵
美術設計：莊捷寧
印　　務：李明修（主任）、張加恩（主任）、張凱棋

發 行 所：台灣角川股份有限公司
地　　址：１０５台北市光復北路11巷44號５樓
電　　話：（02）2747-2433
傳　　真：（02）2747-2558
網　　址：http://www.kadokawa.com.tw
劃撥帳戶：台灣角川股份有限公司
劃撥帳號：19487412
法律顧問：有澤法律事務所
製　　版：尚騰印刷事業有限公司
ＩＳＢＮ：978-957-743-934-5